당신도 걸으면 좋겠습니다

남난희의 지리산 살이

당신도 걸으면
좋겠습니다

남난희 시음

Mindcube

길을 낳는 사람

권경업/ 국립공원관리공단 이사장

길은 길다. 길어야 길이다. 긴 길을 사람들은 낳고 싶어 한다.

사람들이 낳은 길을 사람들은 걷고 싶어 한다. 그래서 세상은 한 걸음씩 진보해왔다. 길을 낳는 동안 잉태와 출산의 고통을 겪었기에 그 길이 오래도록 행복하기를 바란다.

사람에 의해 태어난 길은, 혼자만의 길이 아닌 더불어 가는 길이어야 한다. 누군가의 걸음마가 되어주며 또는 누군가의 전력질주의 꿈이 되는 길이어야 한다. 그런 길을 사람들이 걸어가면 길은 살아 꿈틀거리고, 길과 길 위의 모두는 함께 행복해 한다. 그리하여 길은 더욱 빛나고 더욱 길어진다. 그런 길이 길을 만나면 하나로 어우러진다. 그리고 마을을 이루고 번성한다. 세상 가장 위대한 글자를 만드신 어진 임금 세종께서도 그런 모습을 보고 세상 가장 위대한 말, 사랑의 첫 자음 'ㅅ'을 삼았지 않았을까 싶다.

사람으로부터 영혼을 받은 길은 다시 사람에게 생명과 영감을 준다. 밖으로부터 다가온 길 하나가 도시 안의 수많은 길로 왕성하게 분화하여 새로운 길이 되어 앞으로 나아가듯, 영혼을 가진 길들은 그래서 끝이 없다. 끝이 예견되어 있고 분화하지 못하는 길은 실이 아닌 것이나.

30년 전, 저자와 나는 통일의 염원을 배낭에 지고 지리산 천왕봉을 출발하여 아무도 가보지 않은 산마루를 걸어갔다. 실체는 있었으나 잊히어 이름을 알지 못했던, 그 길은 백두대간이었다. 생소한 그 이름을 소리쳐 부르며 걸어간 80여 일의 끝은 휴전선 철책이었다. 끝이 있는 길은 길이 아니라고 앞서 말했지만 백두대간은 북녘을 향해 뻗어나갈 꿈을 아직도 접지 않고 있다. 또한 누군가 자신을 밟고 걸어가고 걸어오기를 기대하고 있다. 그리고 숱한 사람들에게 분단된 산하의 아픔을 느끼게 하며 녹슨 철조망이 걷히길 기다리고 있다.

산길은 좁고 힘겨우며 외롭다. 하지만 유일하게 그 길을 통해서 우리는 하늘에 가장 가까이 다가갈 수 있다. 문명에 의해 발달한 도시의 길들은 모두 산 앞에서 멈추어 선다. 그러면 산길은 교만함을 내려놓게 하고 절제와 겸양의 미덕으로 앞서거니 뒤서거니 하게 해서 어느새 우리를 하늘 가까이 데려다준다. 제 몸을 비워내고 제 살을 깎아낸 산길로 인해 하늘을 경험한 이는 한껏 여유로움으로 세상을 다시 보게 된다.

사람들은 더욱 안전하고 더욱 편하며 더욱 빠른 길을 원하지만 그건 산길이 아니다.

답운(踏雲)은 저자의 아호다. 이름처럼 구름을 밟아온 그는, 길을 걷는 사람이기보다 길을 낳는 사람이었다. 여성으로서 국내 최대의 수직벽인 토왕빙폭의 길을 낳았고, 초기 히말라야의 여성 길을 낳았으며, 겨울 석 달 혼자서 그 긴 태백산맥을 출산했다. 이어 분단된 산하의 산악인으로서 통일을 염원하는 백두대간 길을 낳는 등, 그의 인생은 길의 연속이었다.

저자는 걸어서 단단해지고 걸어서 맑은 하늘이 되면 좋겠다는 뜻으로 '당신도 걸으면 좋겠습니다'라고 제안하고 있다.

이 책에는, 저자가 걸어온 산길만이 아닌 숱한 세상길의 여정에서 조우했던 많은 일들이 꽃처럼 피어 있다. 그 길로 여러분을 초대하는 것이다. 여러분도 저자와 함께 살아 있는 이 길을 걸어서 하늘도 만나고 꽃도 피우라는 것이다.

절기가 청명이라지만 지리산 취밭목은 여전히 겨울이다. 겨우내 잔설에 묻혀 있던 중봉 오름길이 이제야 꽃길이 되기 위해 하늘을 바라보며 돋고 있다.

아직은 차고 매운 세상, 이 책과 함께 여러분의 가슴에도 누군가가 하늘에 다가가려는 꽃길이 돋기를 기대한다.

마당에 내리는 볕이 따사롭다. 바람에는 온기가 실려 오고, 땅은 풀어지면서 새싹 도울 준비를 한다. 나무들 줄기에도 부지런히 수액이 돌기 시작한다. 이 어김없는 봄소식에, 나도 모르게 세월을 짚어본다. 서울 떠난 지 어느덧 27년, 화개에 온 지는 18년이다.

화개 이곳은 참 좋은 곳이다. 방문만 열어도 지리산 능선이 눈에 들어오고, 백운산 우뚝한 봉우리도 멀지 않다. 봄꽃은 일찍 피고, 겨울에도 추위가 세지 않다. 산세가 편안해서인지 사람들도 온면처럼 부드럽고 따뜻하다. 이렇게 좋은 곳에 살게 된 건 정말 행운이다. '오르는' 산을 그만두고, 그냥 산의 품에 안겨 그렇게 잘 살았다.

별 욕심 없이 모든 일과 사물에 감사해 하며 비교적 만족한 생활이었는데, 그만 엄청난 시련이 닥쳤다. 아이를 잃은 것이다.

한동안 지옥이었다. 아무것도 할 수 없었다. 모든 일에서 손을 놓았다. 작은 밭일도, 일기도, 사람 만나는 일도. 오직 산으로만 갔다. 산에 가서 울었고, 산의 위로도 숨 쉬었다. 아픈 나를 산은 말없이 받아주었다. 산이 말로써 나를 위로했다면 나는 산에도 가지 못했을 것이다. 산은 그냥 있는 그대로의 나를 받아주었고, 내가 원없이 걸을 수 있도록 품을 내주었다. 나는 수없이 산을 오르내리며 위로를 얻었고, 큰 호흡을 하면서 조금씩 일상을 회복했다.

그렇게 몇 년이 지나니, 그동안 손 놓고 있던 것들에 마음이 가기 시작했다. 방치해두었던 차밭을 다듬어, 내 방식대로 차를 조금 덖어 마시고 이웃께도 나누었다. 비로소 일기 쓸 마음이 들기 시작했다. 그렇게 지난 일기장을 들춰보니, 그때 이미 글을 정리해서 책을 낼 준비를 하고 있었음을 깨닫게 되었다.

그 기록들을 다듬고 최근의 이야기를 더해 만든 것이 이 책이다. 대부분 산에 다니는 이야기와 걷는 이야기, 그리고 사람들 이야기다. 더 많은 사람들이 산에 오르고, 그 속에서 기쁨과 치유를 얻기를 바라는 마음을 담았다.

이제 나는 그 없이 살아가는 데 조금 익숙해졌다. 여전히 생각나지만, 전처럼 많이 고통스럽지는 않다. 어딘가에 잘 가 있으리라, 그렇게 믿어진다. 나 혼자만 세상의 모든 고통을 짊어진 것만 같던 절망은 이제 없다. 내게 닥쳤던 고난만이 유난했던 건 아니리라, 남들도 비슷하게 아픔을 겪고, 그 상처에 돋은 새살로 힘겹게 살아가는 것이리라, 그렇게 믿어진다. 산이 내게 준 가르침이다.

내가 쓴 글을 다시 읽으며 내 생활을 돌아보니, 고맙게도 내가 정말 단순하게 살고 있다는 걸 새삼 알게 되었다. 내가 매일 접하는 사물이 얼마 되지 않는다는 것, 그 사물들에게 진심으로 감사한 마음을 가지고 있다는 것도. 그렇게 관심과 감사하는 마음을 가지고 보다보면 이해하는 마음이 생기는 모양이다. 내가 만나는 산길과 풀, 꽃, 나무, 돌, 동물, 곤충 들을 관찰하는 습관이 생긴 것도 아마 그 때문일 것이다. 그런 이야기들이 이 책에는 담겨 있다.

물론 무슨 학문적인 바탕을 가지고 쓴 건 아니다. 나는 그런 공부를 한 적이 없다. 순전히 내 시각으로 관찰하고, 내 입장에서 이해하고, 내 생각으로 결론을 지을 뿐이다. 독자들께서 그 점을 헤아려 읽어주시면 감사하겠다. 한낱 일기 수준의 글들이지만, 그래도 이 글이 누군가에게 자그나마 위안과 위로가 될 수 있기를 바란다.

자연은, 산은, 나의 신이자 나의 부모, 나의 연인이고, 영원한 '내편'이다. 나에게 산이 그러하듯, 누구에게나 그런 대상이 있을 것이다. 꼭 산이 아니어도 괜찮다. 그 대상이 무엇이든, 자신이 좋아하고 가까이하는 대상에게 정성을 다하고, 몸과 마음으로 할 수 있는 모든 걸 하다보면, 누구나 덜 아픈 삶을 살 수 있을 것 같다. 내가 산에서 위로를 받고 산에서 행복하듯, 당신도 그런 대상과 함께 하며 아픔에서 벗어나기를 기도한다.

오늘도 나는 걷는다. 당신도 걸으면 좋겠다.

2020년 봄, 지리산자락에서

남난희 쓰다

차례

1.

걸을 때마다 우리는 자란다

내가 만난 백두대간, 내가 만날 백두대간

지금까지 살면서 백두대간을 여섯 번 밟아보았다. 한 번은 아직 백두대간이라는 명칭을 알지 못할 때 정식 루트인 지리산에서 출발하지 않고 부산 금정산에서 출발하여 진부령까지 간 길이었다. 네 번은 정식 루트를 따라 제대로 백두대간을 걸었다. 그리고 나머지 한 번은 아직 미완인 채로 남아 있다.

젊은 날, 산에 대한 열정이 온통 나를 지폈다. 오르는 산만이, 암벽과 빙벽만이 산의 전부인 줄 알았다. 시간만 나면 산을 찾았고, 시간이 없어도 산엘 올랐다. 낮에 가는 것만으론 성에 안

차, 밤에도 헤드랜턴을 켜고 올랐다.

비 오는 날도 피하지 않았고, 눈이 오면 더 좋아라 했다. 겨울이 오면 계절을 앞서가는 선머슴처럼 남들보다 먼저 빙벽을 올랐다. 얼어붙은 폭포가 내게는 세상에서 가장 따뜻한 곳이었다. 온갖 무거운 장비를 지고도 힘든 줄 모르고 산을 누볐다. 눈 위에서 야영하는 걸 가장 큰 행복으로 알았다.

그러다가 뒤늦게 사춘기가 온 건가? 아니면 그냥 다니는 산들에 식상했나? 아니면 좀더 길게, 좀더 오래 산에 있고 싶어서였을까? 또 아니면 하염없이 혼자 걷고 싶었을까? 아니, 어쩌면 하룻밤 꿈을 잘못 꾼 것이었는지도 모르겠다. 어쨌든, 당시 누구도 잘 시도하지 않던 능선 종주를 생각해냈다. 우리나라에서 가장 긴 능선을 걷고 나서 해안 일주까지 해보자는 생각이 떠오른 것이다.

우리나라에서 가장 긴 산줄기는 우리가 그때까지 그렇게 배워왔고 다들 그렇게 알고 있는 산맥, 바로 태백산맥이었다. 당시는 아직 우리 고유의 지리체계라는 게 마련되기 전이었다. 그래서 백두대간이라는 본래의 이름대신 태백산맥이라는 이름으로 불렸다. 그 산줄기를 1984년 1월 1일 부산 금정산에서 출발, 3

월 16일 진부령까지 걸었다. 76일 간이었다. 제법 길고 먼 한겨울 산행이었다. 혼자 울고, 혼자 웃고, 혼자 자고, 혼자 먹고, 혼자 감동했다. 혼자 걷고 또 걸었던 날들이었다.

나아갈 길이 없는 능선에서 나뭇가지를 헤치느라 장갑 낀 손에 수도 없이 가시가 박혔다. 긴 세월 동안 낙엽이 쌓이고 쌓여서 발이 푹푹 빠지는 길에서 넘어지기도 많이 넘어졌다. 시퍼렇게 언 볼을 나뭇가지에 사정없이 강타당해 눈물을 줄줄 흘리며 걸었다. 몇 방울 흐르던 눈물은 나도 모르게 굵다란 눈물줄기로 변했다. 그럴 땐 아예 배낭을 풀고 앉아서 엉엉 울어버렸다.

눈이 허리까지 차서 러셀(겨울철 적설기 등반에서 선두가 눈을 헤쳐 나가며 등산로를 내는 일―편집자)은 고사하고 그냥 눈밭에서 허우적거리다가 기진해서 쓰러지기도 했고, 하루 종일 쉼없이 움직였는데도 고작 2.5킬로미터밖에 나아가지 못한 적도 있었다. 캄캄한 어둠 속, 혼자 있기가 너무 싫어서 밖으로 나가 눈사람이라도 만들어 몇 마디 나눠보려고 한 적도 있다. 그러나 슬프게도 추운 날 내린 분설은 뭉쳐지지가 않았다.

오랫 동안 눈 녹인 물만 마시다보니, 텐트에 누워 있으면 졸졸졸 흐르는 시냇물 소리가 환청으로 들렸다. 텐트 안의 빵이 얼어서 먹기 힘들 때는, 눈 녹인 물에 탈지분유를 풀고 그 물에 빵을 녹여서 마시다시피 먹었다. 태백을 지나며 눈을 녹였는데, 하얀 눈을 녹여도 물은 거무칙칙했다. 그 실소, 그 절망에 지금도 가슴이 뻐근하다.

동네 뒷산을 헤쳐 나무 하러 올라온 아주머니가 이것저것 말을 걸더니 심히 안타까운 표정으로 이렇게 물었다. "그래, 총각은 군에는 갔다 왔는가?─"

뭐 그리 이상할 것도 없다. 나를 처음 보는 사람은 지금도 내가 남자인지 여자인지 고개를 갸우뚱하니, 그때는 더 했을 것이다. 키보다 높은 배낭을 메고 혼자 허적허적 산을 헤매는 모습이 딱 산적 같았을 터이니, 목소리가 좀 이상하긴 해도 남자로 보이는 건 참 당연한 일이었을 것이다. 아무리 그렇긴 해도, 산에서 들은 그 한마디는 아직도 내가 들었던 말 중 가장 재미있는 말로 남아 있다.

그 산행으로 나는 나의 정신과 육신이 도달할 수 있는 거의 극한을 경험했다고 해도 과언이 아니었다. 나 자신과 끝없이 '맞짱' 떠봤고, 지옥과 천국을 경험했다. 원 없이 감동했고, 원 없이 울었다. 원 없이 걸었고, 원 없이 땀 흘렸다. 원 없이 외로웠고, 그리고 원 없이 행복했다. 그 산행으로 나는 다시 태어났고, 그 산행이 내 삶의 어떤 '기준'이 되었다. 그 경험으로 지금 여기 내가 존재한다고 해도 지나치지 않다.

그때부터 나는 세상에 산악인으로 알려지게 됐다. 내게 붙은 별칭도 가지가지였다. 산처녀, 산아가씨부터 시작해서, 철녀, 산에 미친 여자, 심지어 악녀 소리까지 들었다. 그 이후 산악인으로서는 당연한 수순이라 할 히말라야로 향했다. 네팔 히말라야 강가푸르나 봉(7,455미터)을 올랐다. 세계에서 여성 최초였다.

비록 처음 접하는 고도(高度)가 힘겹기는 했지만, 혼자 밥을 먹지 않아도 되고 혼자 잠을 자지 않아도 된다는 게, 모든 어려움을 견디게 했다. 바로 저 앞에서 눈사태가 쏟아져내려도, 시커멓게 입을 벌린 크레바스(빙하나 눈 골짜기에 생긴 깊은 균열—편집자)를 건너도, 칼날 능선 위에서 생전 처음이라 할 강풍을 만나도, 고소증상으로 밤새도록 기침을 하느라 밤을 꼴딱 새기도 했지만, 나는 그다지 힘들다는 느낌은 없었다(그래서 오히려 동료들의 눈총을 받기도 했다).

그런 중에 한국에서는 중요한 일이 있었다. 고(故) 이우형 선생께서 "우리의 고유 산줄기는 백두대간"이라고 신문에 발표했던 것이다. 지도연구가인 선생은 그동안 우리나라 지도를 보며 왜 산줄기가 이어지지 않고 중간중간에 끊어져 있는지 의아했는데, 우연히 인사동 고서점에서 신경준의 『산경표』 영인본을 보고는 그 궁금증이 해소되었다고 했다. 바로 '백두대간'을 발견한 것이었다!

하지만 나는 그때 히말라야에 있었기에 그 소식을 듣지 못했다. 뭐, 알았다고 해도 크게 달라진 건 없었을 것이다. 왜냐하면 백두대간에 대해 몰랐으니까. 우리 모두는 백두대간에는 까막눈이었으니까. 일제가 왜곡한 역사를 전혀 고치지 않고 고스란히 알려왔고 그대로 배워왔었으니까.

그런데 시간이 지나며 생각이 달라졌다. 이상하게 백두대간이라는 말만 들어도 가슴이 두근거리는 거였다. 저 높은 백두산에서 시작해서 한 번도 물을 건너지 않고 지리산까지 이어져 있는 백두대간이라니. 말인즉슨 내 집에서 산줄기에 오르면 한 번도 물을 건너지 않고 섬진강 건너 호남정맥 끝자락의 백운산은 물론 곧바로 백두산까지도 갈 수 있다는 말 아닌가.

어찌 보면 전혀 놀랄 일도 아니었다. 본래는 옛사람들이 다 알고 있던 사실이었다. 일제가 흩트려놓았던 걸 그동안 우리가 몰랐을 뿐이었다.

그러던 어느 날 『사람과 산』이라는 잡지의 편집주간인 박인식 형한테서 연락이 왔다. 밑도끝도 없이 백두산엘 가자는 거였다. 단서를 달기는 했다. 백두대간을 따라 간다는 거였다. 처음엔 또 나 혼자 가야 한다는 줄 알고 싫다고 했다(내 관념에는 그런 산줄기는 혼자 가는 것으로 인식되어 있었던 것 같다). 그러나 아니었다. 염려와 달리 동행이 있었다. 일이 진행되었다.

컨셉은 "『사람과 산』 창간 1주년 기념, 잃어버린 우리 고유 산줄기를 찾아 백두대간을 따라 백두산을 간다"로 정해졌다. 1년 동안 남한 백두대간을 12회로 나누어 북상하되, A팀은 백두대간 길을 확인하며 가고, B팀은 백두대간 주위의 역사와 문화, 사람 등을 취재하며 가기로 했다. 나는 A팀이었다. 지금 국립공원관리공단 이사장으로 있는 권경업 형과 대학 산악부 친구들 몇 명이 나와 한 팀이었다.

그 백두대간에서 보낸 일 년이 내게는 뭐라 말할 수 없이 보람차고 행복한 날들이었다.

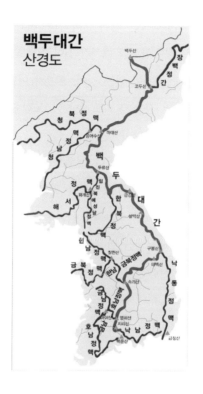

지도연구가였던 고(故) 이우형 선생은 그동안 우리나라 지도를 보며 왜 산줄기가 이어지지 않고 중간중간 끊어져 있는지 의아했는데, 우연히 인사동 고서점에서 신경준의 『산경표』 영인본을 보고는 그 궁금증이 해소되었다고 한다. 바로 '백두대간'을 발견한 것이었다.

백두대간 산줄기에는 큰 산이 많아 길은 비교적 잘 나 있었지만, 지난날 나 혼자 산행할 때처럼 길이 전혀 없는 야산도 적지 않았다. 그래도 걱정이 없는 것이, 혼자가 아니었던 것이다. 여럿이서 함께 가면 길을 잃고도 웃는다. 노련한 선배가 옆에 있다는 게 얼마나 큰 위안이었던지.

우리는 많이 걷고 많이 웃었다. 처음부터는 아니었지만 언제부턴가 휴식 때마다 경업 형은 배낭을 깔고 앉아 메모지를 꺼내서 뭔가를 적었다. 그걸 우리에게 읽어주며 괜찮냐고 물었다. 그렇게 해서 형의 백두대간 현장 시(詩)가 태어났고, 이후 시인으로 등단한 그는 시집을 무려 열여덟 권 출판했다.

우리는 또 야영을 하며 매일 모닥불을 피우고 놀았다. 지금은 금지된 터라 상상할 수도 없는 일인데, 그때는 모닥불을 피우고, 밥해 먹고, 술 마시고, 노래하며 놀았다. 그러고도 다음날은 날듯이 산행을 했다.

하루에 걸을 만큼 걷고, 땀 흘릴 만큼 흘리고, 가끔 길을 잃고 물이 없어 갈증에 허덕이기도 할지라도, 하루의 산행이 마무리되면 각자 알아서 자기가 맡은 일을 척척 해냈다. 누구는 물 뜨러 가고, 누구는 텐트 치고, 누구는 밥 하고, 누구는 나무 하고, 그렇게 우리는 평생을 함께 해온 사람들처럼 손발이 맞았다. 필시 산악인이라서 가능했을 것이다. 산악인은 기본적으로 그런 일들을 알아서 잘 하도록 배워왔으니까.

그렇게 사계절을 백두대간에서 보냈다.

산이 깨어나는 것을 느끼고, 해가 뜨고 지는 것을 보고, 산이 다시 잠드는 소리를 들었다. 말할 수 없는 기쁨으로 하루하루가 충만했다. 지도에 지명이 없는 곳은 우리가 지어주었고, 일본이 멋대로 개명한 산 이름은 본래의 이름을 찾아 불러주었다. 곳곳에서 그 지역 산악인들과의 만남도 퍽 즐거웠다.

곳곳에서 산성(山城) 터를 발견하기도 했는데, 이는 백두대간이 고대시대에 국경 역할을 했던 까닭이다. 우리는 지리 공부만이 아니라 역사 공부까지 했던 셈이었다.

새로 산행이 시작되는 첫날에는 늘 차림새들이 깔끔했다. 그러나 씻지 못하는 날이 거듭되면서 깔끔은 차츰 사라지고 다들 부스스해졌다. 남녀 할것없이 꼬질꼬질 해지더니, 마지막 날쯤해서는 하나같이 땀 냄새 발 냄새 온갖 냄새를 뿜어댔다.

첫날은 한 달 만에 만난 반가움에 걸음이 썩 빠르지는 않지만 마지막 날에는 거의 뛰다시피 걷는다. 얼른 배낭을 벗고 뜨끈한 물에 씻고 싶은 마음, 코펠 밥과 인스턴트 찌개류 대신 밥다운 밥을 먹고 싶은 마음에 한시라도 빨리 집에 가고 싶어서다. 그러면서 서로를 보고 칭찬을 한다. 잘 걷는다고 서로 다독이는 것이다.

말로는 백두산까지 걷는다고 했지만, 우리의 백두대간 산행은 향로봉에서 끝났다. 산 위에 길이 없는 건 아니었다. 그러나 그 길에 장막이, 우리가 넘을 수 없는 장막이 세워져 있었다. 길도 있고 우리의 두 다리도 있었지만, 갈 수 없었다. 그 아쉬움을 뭐라고 표현해야 할까? 우리의 걸음은 언제까지 이 벽 앞에서 이렇게 번번이 멈춰야 하는 걸까?

비록 산행은 그쳤지만, 그 산행으로 남한의 백두대간 길이 정립이 되었고, 그걸 많은 사람들에게 알릴 수 있었다. 아마 그때부터 우리나라에 백두대간 산행 붐이 일기 시작했을 것이다. 일년 동안 경업 형은 백두대간 현장시를 썼고, 심병우 기자는 백두대간 사진을 찍었고, 나는 백두대간 산행일기를 적었다. 함께 고생했고, 함께 행복했다. 그 이후 『사람과 산』은 사람을 바꿔가며 모든 정맥을 다 종주하여 길을 정립한 걸로 안다. 좋은 일이었다. 보람찬 일을 했다.

그 이후 이런저런 사정으로 나는 산을 떠났다.

아니, 산 안에 살게 되었다.

그간의 '등산'을 뒤로 하고 '입산'으로 산을 만나게 된 것이다.

처음엔 혼란스럽기도 했다. 그러나 곧 차분해졌다.

나는 산 아래서 아이를 키우며 그간 알지 못했던 산을 만났다. 오르는 산이 아니라 함께 하는 산을 만난 것이다. 오르지 않아도 산은 내게 많은 것을 내주었다. 그 등인의 산과 분명 다른 산인데, 이 산도 나를 밀어내지 않았다. 산이 나를 품어주고 안아준 것에 감사하고 행복했다.

그렇게 아이는 커가고 나는 늙어가던 어느 날, 백두대간이 다시 내게 손짓을 했다.

2009년 9월 첫날, 열여섯 살 아이와 쉰세 살 나는 양식과 장비를 등에 지고 백두대간을 향해 길을 나섰다. 그때의 산행의 의미랄까, 화두라고 해도 되면 그렇게 부르고 싶다, 제목이라고 해도 좋다. 아무튼 우리에게 그때의 산행은 '순례'였다.

그 순례는 당연히 첫날부터 힘들었다. 나는 20년 가까이 그런 산행을 하지 않았고, 아이는 생전 처음이었던 것이다. 무엇보다 우리는 모자 사이. 힘든 산행에서는 별로 좋은 관계는 아니다.

그럴지라도 우리는 53일 동안 백두대간에서 먹고, 자고, 걸었다. 그 길에서 서로를 확인했고, 서로를 알아갔다. 서로를 사랑하고 미워도 했다.

우리가 백두대간을 떠나기 얼마 전, 지리산 주변의 문화예술인 몇 명이 모여 '지리산학교'를 만들었다. 자기가 공부하거나 익힌 경험을 지역 사람들과 나눈다는 취지의 작은 공동체였다. 누구는 사진반, 누구는 기타반, 또 누구는 도자기반 등을 개설했다. 나는 '숲길걷기반'을 만들어 걷기 좋아하는 사람이나 지리산을 좋아하는 사람, 간혹 나를 만날 요량으로 찾아오는 사람들과 함께 지리산 이곳저곳을 골라다니며 일종의 치유산행을 하는 중이었다. 그 사람들 중 일부가 아들과 나의 백두대간 산행을 응원한다며 맛있는 음식을 잔뜩 가지고 와서 우리를 지원하기도 했다.

늦여름에 지리산을 출발했지만 설악산에 도착했을 때는 이미 눈이 오고 얼음이 어는 날들이었다. 백두대간 산행을 한꺼번에 이어서 하자면 계절을 한두 개는 넘겨야 하는 것이다.

나 개인적으로는 그 백두대간 산행에서 이전의 산행들보다 더 많은 것을 얻었다. 무엇보다 한 아이의 보호자이자 인생 선배로서 백두대간을 바로 알려주려는 목적이 오히려 나를 공부시켰다. 곁눈질 하지 않고 오롯이 백두대간에만 집중한 소중한 시간이었다. 몸과 마음은 많이 힘들었지만 보람 또한 있었다.

그러면 뭐하나? 다 부질 없는 일이 되고 말았다.

백두대산이라는 학교에서 내사언을 선생님으로 모시고 나는 옆에서 보조를 한 시간이었지만, 그 학교의 학생이었던 아이는 이제 이 세상에 없다.

지리산학교 숲길걷기반 친구들의 걸음 수준이 점점 올라가며 좀더 난이도 있는 산행을 하고 싶어 하는 사람들이 생기기 시작했다. 자연스럽게 '빡쎈' 산행반이 생겨났고, 우리는 원없이 걸으며 즐거움을 누렸다. 그러다가 백두대간 산행을 하고 싶어 하는 사람도 자연히 생겨났다.

그래서 2012년 10월, 지리산학교 아줌마부대 다섯 명이 지리산 천왕봉에 올라 백두대간 신령께 우리를 받아 달라고 고하고 산행에 나섰다. 각자 시간이 맞을 때 만나서 이틀 혹은 사나흘씩 산행을 하며 주로 산 아래서 민박을 하거나 가끔 야영도 하면서 힘겹고도 즐거운 날들을 함께 보냈다. 그렇게 함께 걸으며 그들은 인생의 또다른 첫 경험을 맞았고, 나는 네 번째 백두대간을 경험했다. 참 의미 있는 경험이었다.

이때의 나의 화두는 '용서'였다. 내가 그동안 살아오면서 알고 저지른 나쁜 일, 모르고 저질렀을 수많은 못된 일을 차분히 용서받고 싶었다. 일종의 참회 산행이었던 셈이다.

그리고 또 시간이 좀 지났다.

하루는 모르는 사람한테서 전화가 왔다. 자기는 재일교포인데, 백두대간 산행을 하고 싶은데 길도 모르고 방법을 모른다며 혹시 함께 해줄 수 있느냐는 것이었다.

나는 당연히 마음이 동했다. 한국 사람 누가 백두대간을 하자고 해도 고마울 판에, 외국에 사는 사람이 백두대간을 하겠다는데 싫다할 이유가 없었다. 하지만 그래도 꽤 오랫동안 힘든 산행을 같이 해야 하는데 서로를 알아야 되지 않겠는가. 그래서 일단 지리산에 와서 나와 간단히 산행도 하면서 서로를 좀 알아가자고 했다.

지리산 자락에서 만난 그녀는 한눈에도 여장부처럼 보였다. 이름은 노성희 씨. 고향은 마산이고, 대학 졸업 후 일본인과 결혼해서 일본 국적을 갖게 된 사람으로, 평소에는 산을 다니지 않는다고 했다. 그런데 우연한 기회에 백두대간이라는 말을 듣고 왠지 모르게 가슴이 두근거렸다며 백두대간 산행을 꼭 하고 싶은 마음이 생겼다는 거였다. 그래서 함께 할 사람을 찾아 이곳저곳 알아보다가 나를 알게 되었다고 했다.

이야기를 들어보니, 그녀는 국제무역협회 일본지부장을 맡을 만큼 일본에서 사업을 크게 하는 사업가였다. 그리고 사업과 봉사활동을 위해 한국에도 자주 오는 편이었다.

우리는 만나자마자 합(合)이 맞았다. 다음날 집 뒤의 능선을 걸으며 구체적인 계획을 세웠다. 한 달에 한 번 정도 산행을 하기로 했다. 그런데 그녀는 그 산행을 위해서 참으로 먼 길을 와야 하는 것이었다. 일본 오키나와에서 도쿄로 와서, 거기서 서울로 건너오고, 서울에서 또 백두대간 산행을 위해서 산으로 와야 하는 거였다. 그런데도 자신의 체력과 사업 스케줄상 산행은 이틀 정도밖에 할 수 없는 상황이었다. 그 시간, 그 비용, 그 열정에 나는 감동했다.

꽃피는 3월, 우리는 길을 나섰다.

그녀는 추위를 많이 타고 땀을 많이 흘리는 체질에 천식까지 있어서 산행에 적합한 체질은 아니었다. 하지만 열정이 얼마나 대단한지 내게 감동을 안길 정도였다. 학생 때 탁구를 했다는 데, 산행은 탁구와 다르다. 왜 힘들지 않겠는가. 그런데도 내 나라 내 땅, 더군다나 위엄 어린 백두대간을 걷는다는 사실에 가슴 벅차 했다. 어쩌면 타국에 나가 오래 살다보니 나고 자란 고국에 대한 그리움이 컸을 테고, 그것이 백두대간에 대한 애정으로 나타난 것인지도 모른다. 작은 꽃 한 송이만 봐도 열심히 향기를 맡고 어루만지며, 어떤 때는 울기까지 했다. 얼마나 고국의 흙이 그리웠으면 저럴까 싶어 짠하기도 하고, 또 한편으론 그녀의 그 경험에 내가 동행이 될 수 있어서 기쁘기도 했다. 나는 내가 알고 있는 것들을 더 많이 알려주고 보여주려고 애썼다.

나중에는 그녀의 한국 지인들이 우리의 산행을 응원하는 취지로 만났다가 아예 함께 백두대간을 걷기도 했다. 그분들은 희생정신과 봉사정신이 남달랐다. 게다가 유쾌하고 기운이 넘치는 사람들이었다. 역시 사람은 비슷한 사람들끼리 모이는 걸까.

그러나 노성희 씨와의 백두대간은 끝을 내지 못했다. 그녀의 사업이 점점 더 바빠졌고, 그 와중에 유방암 수술까지 하게 된 까닭이었다. 참 아쉽지만, 나로서는 달리 도리가 없었다. 언제가 될지 모르지만, 그녀와의 백두대간을 마칠 수 있기를 소망할 뿐.

그 바쁜 중에도 그녀는 일본 남(南)알프스로 나를 초대해주었다. 나는 야생화가 그렇게 많은 곳을 처음 보았다. 그곳의 산행은 백두대간과는 또다른 기쁨을 내게 안겨주었다.

한번은 지리산학교 '빡쎈' 산행반에서 호남정맥 종주를 준비했다. 나는 지리산에서, 다른 사람은 부산과 전주에서 각각 출발해 한 번에 이틀씩 일년 동안 호남정맥을 걸었다.

백두대간이나 호남정맥 같은 긴 산행을 다른 사람들과 한다는 게 결코 쉬운 일은 아니었지만, 그래서 가끔 갈등도 없지 않았지만, 우리는 산을 걷는 즐거움과 전라도의 맛난 음식을 마음껏 즐기며 행복한 시간을 보냈다.

호남정맥을 끝낸 동지들 중 몇 명이 자연스럽게 백두대간으

이 남녘의 백두대간은 저 북녘의 백두대간과 이어질 때 '진짜 백두대간'이 된다. 나는 남한만의 백두대간이 아니라 북쪽의 이 백두대간까지 내 발로 디뎌보고 싶다. 하나 된 백두대간 산줄기를 타고 백두산까지 오르고 싶다. ⓒ김태연

로 관심이 갔고, 우리는 다시 짐을 꾸렸다. 이제는 여러 번 해서 많이 익숙하지만 그래도 여전히 미숙한, 그래도 언제나 우리를 받아주는 백두대간에 감사하며 여섯 번째 백두대간을 했다

그 산행의 의미는 내게 '감사'였다. 이전의 산행에서도 늘 감사하다는 마음을 달고 걸었지만, 이번에는 산행 자체를 오롯이 감사 산행으로 잡았다. 백두대간을 걷는 내내 감사한 마음을 놓지 않았다.

그동안 나와 함께 하는 산행이 결코 녹록치 않았을 텐데도 잘 따라준 나의 동지들에게도 고마움을 전한다.

사실 나는 지금의 내 생활에 무척 만족하며 살고 있다. 도시를 떠난 지도 27년이 흘렀고, 그동안 다른 누구나와 마찬가지로 이런저런 행과 불행을 건너오는 속에서 비교적 만족스럽게, 가능하면 소박하게, 잘 살고 있다. 앞으로도 지금처럼 살고 싶다. 지금처럼 산을 다니며 산을 좋아하는 사람들과 어울리며 자연과 함께 살고 싶다. 나는 사회생활에도 미숙하고 사회에 나가고 싶지도 않다.

그런데 시기적으로도 그렇고 때가 되었다는 것을 느낀 것인

지? 백두대간을 직접 눈으로 보고 여러 번 발로 걸어본 사람으로서, 그리고 백두대간의 가치와 의미를 몸과 마음으로 알아낸 사람으로서, 내 몫의 역할이 있겠거니 하는 생각이 들었다. 지금 이대로가 좋다고 아무 일도 하지 않고 있는 건 뭔가 나의 소임을 외면하는 것이라는 생각이 드는 거였다.

그래서 지리산에 사는 몇몇 분들과 일을 하나 시작했다.

'나'는 한없이 미숙하고 일머리도 모르지만, '우리'의 힘을 믿고 일단 시도하는 거다. 일단 누군가가 시도를 해야 그 일이 이어질 수 있고, 꼭 나나 우리가 이루지 못하더라도 다음 세대 중 누군가가 이어갈 수 있겠기 때문이다.

우리의 일이란, 백두대간에 필요한 일을 하는 단체를 만드는 것이다. 그동안 나 혼자, 또는 소수의 친구들과 백두대간을 누리기만 했다면, 이제 우리가 백두대간을 위해 뭔가를 해야 한다고 느낀다.

백두대간을 위한 일이란, 첫째 여기저기 막혀 있는 부분을 연결하는 일이다. 내가 다녀보니 현재 백두대간 곳곳에는 위험한 지역 또는 야생동물 보호 지역 등의 이유로 막혀 있는 곳이 많다. 막혀 있으니 산행을 다니는 사람들은 그 구간을 벗어나 샛길(공식적으로는 비법정탐방로)로 다니거나(들키면 10만 원의 벌금을 내야 한다) 더 위험하게 야간에 무리해서 지나곤 한다. 그런 곳의 등산로를 잘 정비해서 안전하고 편안하게 지날 수 있도록 하자는 것이다.

두 번째는 그렇게 정비된 백두대간 길을 국제적인 트레일(Trail)로 만드는 일이다. 지난해 여름에 미국의 PCT(Pacific Crest Trail) 일부 구간을 걸었는데, 길이 그렇게 좋을 수가 없었다. 문명에서 좀 벗어난 깊은 산에서 자연의 진면목을 흠뻑 느낄 수 있는 기회였다. 내가 보기에 백두대간은 결코 PCT에 뒤지지 않는 아름다움과 가치를 지닌 산줄기다. 아니, 어쩌면 단일한 맥(脈)으로 이어진 산줄기라는 점에서 더 희귀한 아름다움이 있다고 할 수 있다. 우리가 어떻게 만드느냐에 따라 백두대간을 훌륭한 국제적 수준의 트레일로 만들 수 있다고 생각한다.

그러나 그렇게 정비된 국제 트레일이 생긴다 해도, 그건 여전히 반쪽짜리일 수밖에 없다. 여전히 진부령 어딘가에서 발길을 멈추어야 하는, 막혀 있는 백두대간인 것이다. 이 남녘의 백두대간은 저 북녘의 백두대간과 이어질 때 '진짜 백두대간'이 된다.

그래서 남한의 백두대간과 북한의 백두대간을 잇자는 운동이 우리의 세 번째 일이 된다. 나는 남한만의 백두대간이 아니라 북쪽의 백두대간까지 내 발로 디뎌보고 싶다. 하나 된 백두대간 산줄기를 타고 백두산까지 오르고 싶다. 우리 국민들뿐 아니라, 외국의 많은 산(山)애호가와 평화애호가들이 부지런히 남쪽 백두대간을 찾는다면, 북쪽 백두대간도 언젠가는 열릴 수 있으리라 믿는다.

나는 이 일들이 얼마나 이루어질지, 언제 이루어질지, 전혀 모른다. 우리가 산으로만 다닐 줄 알았지, 행정 같은 건 잘 모른다. 그렇지만 일단 우리가 시작하자는 것이다. 그러다 보면, 좀 더딜지라도 차분하고 꾸준히 목표를 향해 한발 한발 나아갈 수 있으리라 믿는다. 그렇게 온전한 백두대간, 진짜 백두대간에서 우리가 만날 수 있기를 소망한다. 거기서 함께 용서도 하고 감사도 하고 순례도 할 수 있기를, 깊은 마음으로 소망한다.

오르는 산과 수행의 산

지리산 화개의 지금 살고 있는 곳에 터전을 잡은 지도 18년이 되어가고 있다. 내가 처음 이곳에 와서 살면서 한 일 중 하나는, 주변의 모든 산을 답사하는 거였다. 내가 살고 있는 주변의 산들을 알고 있어야 하는 건 당연한 일이겠고, 산의 흐름이나 조망, 산의 기운도 느끼고 싶었다. 한마디로, 산과 나와의 관계를 정립하자는 것이었다.

그래서 나름 결론이 나왔다. 주식과 부식, 간식, 특식으로 나뉘서 주로 먹는 음식이 주식이듯, 주로 가게 될 코스를 주식으로, 주식 주변을 부식으로, 가끔 가게 될 곳은 간식으로, 멀리

나가거나 며칠씩 걸리는 곳은 특식으로 정한 것이다.

내게 주식으로 선택된 코스는 불일폭포였다. 우선 집에서 걸어서 접근이 가능하고, 시간적으로도 적당했다. 인적이 너무 없거나 너무 많지도 않고, 길도 좋고, 계곡이라 풍광은 없지만 계곡의 운치도 그만이었다. 게다가 사계절 쏟아져내리는 기운 좋은 폭포까지 있으니 이만하면 주식으로는 충분하고도 넘칠 정도였다. 그래서 거의 매일 새벽 집을 나서며 행복해했다.

우리 동네를 지나고 건너편 동네를 지나고 그 끝에 암자 하나까지 지나면 이제는 온전한 산길을 만난다. 암자 동구에 천이백 년이나 살아오신 나무 어르신께 인사를 드리고 산길로 접어들면 그렇게 좋을 수가 없다. 정말 좋다. 온전히 산과 나와의 시간이 되는 것이다. 가끔 부지런한 사람 한둘을 만나기도 하지만, 그 시간의 산은 거의 내 차지나 다름없다.

산과 나무, 돌과 풀, 그리고 계곡물에게 일일이 인사를 한다. 새와 다람쥐, 두꺼비한테도 인사를 한다. 그러면서 이일 저일 온갖 일들을 생각하기도 하고, 어제 했던 일이나 만난 사람들 생각도 하고, 오늘 해야 할 일도 생각한다. 결론을 내려야 할 일이나, 원고 등 기타 구상할 일들을 생각하다 보면, 어느 순간 드디어 무념 상태가 된다. 일종의 삼매이겠는데, 이 시간이 너무 좋다.

물론 두서없이 온갖 잡념이 생길 때도 많지만, 그것도 나쁘지 않다. 그리고 결론을 내는 일도 명쾌하다. 어지간한 일은 별 고민 없이 해결되기도 한다.

원고 구상도 그렇다. 산에 오르고 내리다 보면 어느 순간 주제가 딱 잡히는 것이다. 그러면 내려와서 쓰기만 하면 되는 것이다.

그 시간이 내센 너없이 소중한 시간이라, 집에 있을 때는 출근하듯이 하고 있다.

그 시간은 산을 만나고, 자연을 만나고 나를 만나는 시간이다. 그 시간은 수행의 시간이고, 명상의 시간이고, 비우는 시간이고, 채우는 시간이다. 나를 돌아보는 시간이다.

그 시간은 기도의 시간이다.

그 시간은 용서의 시간이고, 참회의 시간이다.

그 시간은 정신과 육신을 돌보는 시간이다.

그 시간은 축복의 시간이다.

그 시간은 감사의 시간이다.

한동안 불일폭포에 다니다가 가끔 간식을 먹듯이 뒷산을 가기도 하고 이웃 산에 가기도 하며, 가끔은 먼 산을 다녀오기도 했다. 그럴지라도 주식이 너무 좋으니까 간식이나 특식을 먹을 일은 자주 없었다. 그 산들은 그맘때 가야만 만날 수 있는 대상이 있을 때 가게 되고는 한다.

특별히 약속이 잡히거나 수업을 해야 할 때는 주로 특식에 속하는 다른 산에 가게 된다. 어쩌다 다른 일상 때문에 불일에 못 가게 되는 날도 없지는 않은데, 그런 날은 하루 종일 무언가를 잃어버린 느낌이다.

그럴지라도 가끔은 꾀가 날 때가 왜 없겠는가. 비라도 올라치면 얼씨구나 하며 게으름을 피우는 모순투성이 인간이 바로 나다.

어쨌거나, 그러다가 불일암이 복원되었다. 고려시대 때 창건되었다는 불일암은 옛날에는 수행터로 이름을 날렸다고 한다. 그러다 언젠가 불이 났고, 내가 처음 갔을 때는 암자터만 있었는데 한동안의 공사로 복원이 된 것이다.

폭포 옆 원래 불일암터에 아담하고 정겨운 암자가 생겼다. 나는 불교 신자는 아니지만 산에서 만나는 절에서는 가능하면 법당에 들러 참배를 한다. 그러니 나는 불일암이 생긴 게 더욱 좋기만 했다. 폭포에 들렀다가 불일암 법당에 들어가 108배를 하는 것이 나의 일상에 추가되었다. 걷기만도 좋은데 법당에서 108배까지 하면 정말 뿌듯하다. 뭔가 꽉찬 하루를 시작하는 느낌이다.

그렇게 18년을 오르내리는 동안 나무들은 자랐고 숲은 깊어졌다. 더러는 태풍에 부러지고, 간혹 말라죽고, 때로 베이기도 하지만, 결국 산은 점점 더 푸르러지고 있는 것이다. 그렇게 산은 점점 더 젊어지고 있는데 나는 그 세월만큼 나이를 먹었다. 인정하고 싶지 않지만, 늙었다고 해야 할 것이다.

하하! 나무들은 자라고 있고, 나는 늙고 있는 것이다.

뭐 나쁘지 않다. 예전에 올랐던 암벽이나 빙벽은 지금은 오르지 않지만, 히말라야 고산 꼭대기에도 올라가지 않지만, 지금도 나는 충분히 하고 싶은 것 하고, 걷고 싶은 만큼 걷고 있다. 오히려 지난날보다 더 많이 걷고 있는 것이다.

오로지 오르는 것만 목적이었던 내 젊은 날들의 산. 그것도

사람들은 자주 묻는다. 어떤 산을 제일 좋아하느냐고. 나는 지금 가는 산이 제일 좋다고 말한다. 전에는 특별히 좋아하는 산이 있었고 주로 그 산에만 갔었다. 그때는 오르는 산, 목적이 있는 산이었다. 그러나 지금은 함께하는 산이라 어디를 가도 좋다. 오직 만족이다.

괜찮았다.

그때는 그때에 맞는 산이 나를 선택했고, 지금은 지금에 맞는 산이 나를 선택했다.

그때의 산이 있었기에 지금의 산도 있다는 걸 나는 알고 있다.

목적은 다르겠으나 그때나 지금이나 변함없이 나를 선택해준 산께, 산신령께 감사할 뿐이다. 또한 '오르는 산'에서 '수행의 산'으로 내게 와준 것에 머리 숙여 깊이 감사할 따름이다.

비가 많이 온 다음날은 암자에는 들어가지 않고 산문 밖에서 합장 인사만 하고 바로 폭포로 가기도 한다. 폭포와 더 많은 시간을 보내기 위해서다. 그런 날 폭포에서는 엄청난 물이 쏟아진다. 불일암 법당까지 물이 날아들 정도다. 폭포가 그렇게 맹렬히 쏟아지는 장면은 쉽게 볼 수 있는 게 아니다. 그러다 해가 비치자 물보라가 태양과 만나 무지개를 빚어낸다. 활처럼 휜 반원 무지개가 아니라 원으로 그려진 동그란 무지개다!

아이고야, 황홀하다.

나는 어찌해야 할지 몰라 그냥 가만히 있는다. 그냥 홀로 감동할 뿐이다.

요즘은 어쩐 일인지 옛날처럼 무지개가 자주 뜨지 않는다. 그런데 동그란 무지개라니. 폭포의 물보라가 얼굴에 와닿는 것도 좋은데, 무지개까지 얻으니 완전 횡재한 기분이다. 막 좋은 일이 생길 것 같은, 최고의 아침이다.

방에 불을 때야 하는 시기가 돌아오면 산에서 내려올 때 나뭇가지 하나씩을 주워오기도 한다. 불 피울 때 쏘시개로 쓰면 그만이다. 요즘은 그리지 않지만 처음에는 그러다 사람과 마주치면 괜히 썩 민망했다. 그래서 지팡이인 척하며 땅을 짚어보기도 하는데, 그들이라고 왜 모르겠는가? 뭐라고 하지도 않지만 나 혼자 민망한 것이다. 지금은 넉살이 늘어서 이러다 부자 되겠다는 둥 하며 너스레를 떨기도 한다.

사람들은 묻곤 한다. 가던 곳 계속 가면 싫증이 나지 않느냐고.

그렇지 않다.

산을 두고 싫증이라니, 내게는 그건 말이 아니다.

그리고 사람들은 자주 묻는다. 어떤 산을 제일 좋아하느냐고.

나는 지금 가는 산이 제일 좋다고 말한다. 정말이다.

지난날에는 특별히 좋아하는 산이 있었고 주로 그 산에만 갔었다. 그때는 오르는 산, 목적이 있는 산이었다. 그러나 지금은 함께하는 산이라 어디를 가도 좋다. 오직 만족이다.

나는 나의 이런 일상에 만족한다.

불일평전 이야기

지리산에는 몇 개의 평전(平田)이 있다. 세석평전, 돼지평전 등이 지리산 주능선 상에 있고, 불일평전은 비교적 낮은 곳인 쌍계사 위쪽 불일폭포 아래, 해발 600미터쯤 되는 곳에 자리 잡고 있다.

쌍계사나 국사암을 지나 계곡물 소리를 들으며 2킬로미터쯤 올라가다보면 어느 순간 앞이 탁 트이며 꽤 넓은 터가 나온다. 계속 좁은 길로만 오던 참이어서, 이 공터를 만나면 산 속의 별천지를 보는 것 같은 느낌이 든다. 이곳이 바로 불일평전이다.

예전에는 이곳이 지금보다 더 넓었다. 하지만 역시 세상 모든 건 다 변하는 것인지, 나무들이 자라고 숲이 우거지면서 평전은 자꾸 좁아지고 있다.

불일평전에는 국립공원관리공단에서 지어 관리하는 작은 건물과 등산객들이 쉴 수 있는 간이의자 몇 개, 그리고 취사장과 화장실 등이 있다. 한쪽의 무너져가는 집은 지난날 산장으로 쓰였던 건물이다.

이곳은 야영장이기도 해서 취사와 야영이 가능하다. 이제는 누구도 여기서 야영을 하시는 않지만, 그래노 취사상과 화장실과 물이 있어서, 오가는 사람들이 쉬어가기에 맞춤하다.

저 멀리 서쪽으로 노고단을 볼 수 있다. 이렇게 아늑한 곳에서 지리산 주능선의 끝자락을 조망한다는 건 색다른 즐거움인데, 지금은 나무들이 많이 자라서 잘 보이지가 않고 나뭇잎 사이로 이리저리 보이는 곳을 찾아서 보거나, 잎이 떨어진 겨울에나 만날 수 있는 풍경이 되어버렸다.

불일평전은 또 터줏대감을 잃어버린 탓에 풍광이 예전만 못하다. 터줏대감이라 고(故) 변규하 선생으로, 이 불일평전을 일구고 가꾸며 삼십여 년 사시다가 2007년에 돌아가신 분이다. 그

후 뜨내기 몇몇이 자리를 잡아보려고 들어왔다 나가기를 몇 번, 그 누구도 견디지 못하고 말았고, 결국 산장은 빈집으로 남겨져 있다. 주인 잃은 집은 세월 속에서 서서히 생기를 잃어갔고, 지금은 거의 폐가 수준이 되어버렸다.

변규하 선생은 반평생을 불일평전에 살면서 그곳을 아름다운 산속 정원으로 가꾸셨다. 주변에서 크고작은 돌들을 모아서 여러 개의 탑을 쌓고 이름을 "소망탑"이라 지었다. 그리고 계곡에서 물을 끌어와 지나가는 사람들이 마실 수 있게 했고, 그 옆에 연못도 만들어 물고기들을 살게 했다. 연못은 한반도 모양으로 만들었는데, 제주도와 독도 모양까지 잊지 않고 만들었다. 그리고 연못 주변은 멋들어진 소나무와 주목으로 장식을 했고, 항상 손질을 해서 누가 봐도 우리나라라는 것을 알 수 있었다. 이곳을 찾는 산객들은 제주도와 독도까지 있는 한반도 모양의 연못을 보며 감탄했다(지금은 독도 모양은 없어졌고, 제주도 모양도 알고봐야 보인다).

선생은 나무 가꾸기가 취미인 듯 항상 손에는 전지가위가 들려 있었다. 선생이 심어 가꾸는 나무는 종류도 다양했는데, 신기하게도 선생의 손만 닿으면 어떤 나무도 보기 좋은 모양으로 바뀌었다. 가령 위로만 쭉쭉 뻗어올라가는 노각나무나 잣나무들도 선생 손이 가면 둥그런 모양의 나무로 바뀌었다. 나무 입장에서는 그것이 어떨지 모르겠으나, 사람이 보기에는 퍽 아름답고 우아했다.

물을 가두어 천연 냉장고를 만들어서는 거기에 음료수와 캔맥주 들을 담가놓고, 한 옆에 초코바, 양갱 등을 펼쳐두고는 먹은 만큼 금액을 넣도록 만든 무인판매대도 있었다. 평전 주변에서 채취한 약초로 술을 담가서 어쩌다 오는 지인들과 감자전을 부쳐서 함께 나누기도 했고, 더러 팔기도 했나.

평전엔 꽃나무도 많아서, 저 아래에서는 이미 끝난 매화를 여기서 다시 만나기도 하고, 목련의 와글와글한 자태를 실컷 감상하기도 한다. 그밖에도 해당화, 무궁화, 불두화 등등 계절별로 다양한 꽃들이 피어나고, 원추리를 비롯하여 뻐꾹나리, 물봉선, 달리아, 취꽃, 상사화, 개망초, 산수국, 구절초, 신선초 등등 온갖 꽃들이 피고지고를 거듭한다.

그중 나의 몫도 있으니, 다름 아닌 차나무다. 선생께서 처음 올라와 심었다고 하는데, 산을 매일 올라다니는 인연으로 그 차는 내가 따서 덖을 수 있는 행운의 차나무가 되었다. 고도가 높은 곳에서 자라난 차는 저 아래의 것과는 비교되는 맛을 내서 입을 즐겁게 한다.

선생이 가시고 난 뒤 평전은 여기저기가 예전과 차이가 날 수밖에 없다. 그리고 평전에 올라오는 사람들 역시 바뀌고 있는 듯하다. 예전에는 아랫동네 아이들이 자주 올라와서 놀다 가곤 했는데, 지금은 아이들이 오는 경우가 거의 없다. 선생은 가셨고, 그때 아이들은 이미 커버린 탓이겠지만, 더이상 산이 아이들의 놀이터가 아님을 보여주기도 하는 것 같다. 선생은 아이들에게 음료수도 주고 컵라면도 끓여주고 했기에 아이들이 그 재미로 산길을 올라오는 수고를 마다하지 않았을 것이다. 이제 이곳에 그런 재미는 없다.

어디나 그렇듯 선생이 계실 때 이곳은 항상 빛이 났지만 그분이 없는 지금은 빛이 바라고 쓸쓸하다. 그분이 귀하게 여겼던 모든 것은 거의 쓸모없는 것이 되어버렸고, 하나둘 버려지거나 쓰레기가 되어가고 있다.

다른 것은 어찌 되었는지 알지 못하지만 어느 날 선생이 소장하던 책들이 밖에 나와 있었다. 그중에 내 책인 『하얀 능선에서면』이 보이기에 가지고 내려오며 생각이 복잡했다. 누구나 다 그렇겠지만, 내가 죽으면 나의 모든 것, 내가 소중히 모으고 사용했던 모든 것도 다 쓰레기가 되겠구나. 그렇겠구나. 가능하면 물건을 없애야 되겠구나. 그런 생각을 하며 내려왔다.

지금 불일평전은 국립공원에서 관리하고 있다. 철철이 꽃이 피었다 지고, 늦가을에는 빨간 땡감이 서리를 맞고도 나무에 매달려 까치를 기다린다. 이제는 올라가도 거의 평전에서 머물지 않고 불일폭포나 불일암으로 곧바로 올라산다. 동행이 있을 때는 목을 축이거나 주변을 설명해주거나 하며 잠시 쉬어가기는 한다.

차도 이제는 따지 않게 되었다. 차나무를 보면 아깝지만 어쩔 수 없다. 무너지고 있는 집을 보는 것도 피하고 싶지만, 그 또한 어쩔 수 없다. 그럴지라도 나무는 자라고, 자연은 자기만의 길을 갈 것이다.

어떤 동행

몇 년 전 겨울, 지리산둘레길 295킬로미터를 걸었다. 동행이 있었다. '보호관찰 청소년', 그러니까 흔히 '비행청소년'이라 불리는 아이들이다.

이 아이들은 대부분 가정환경이 불우한 경우가 보통이고, 어른들의 관심에서 밀려나 방치된 경우가 대부분이다. 그러다 하지 말아야 할 일을 저지르고, 아직 미성년이라 수감되지는 않고 '보호관찰' 되는 아이들이다.

그런 아이들을 위해 그래서 몇몇 어른들이 나섰다. 우리나라에서는 생소하지만 이미 프랑스를 비롯한 선진국에서는 시도하고 있는, 아이들이 자연에서 걸으며 자아를 찾고 독립심을 키우게 함으로써 재범을 방지하자는 차원에서 민간인이 만든 걷기 프로젝트를 거울삼아 처음 시도하는 사업으로 내가 참여하게 되었다.

이 프로젝트는 『나는 걷는다』로 유명한 프랑스 작가 베르나르 올리비에로부터 영감을 받았다.

올리비에는 예순이 넘어 은퇴했을 때 부인과도 사별하며 지독한 우울증에 빠졌고, 삶에 대한 의지마저 잃고 고심하다가 호기심만으로 콤포스텔라 길에 도망치듯 몸을 던졌다. 파리를 출발하여 갈리시아 지방의 수도에 이르기까지 2,300킬로미터를 걸으면 삶을 성찰해볼 수 있을 것 같아 길을 떠난다. 그렇게 걷기 시작한 지 며칠 되지 않아 육체적 건강은 물론 낙관적인 생각, 미래에 대한 구체적인 계획들을 빠르게 되찾을 수 있었다. 걷기가 육체적으로도 정신적으로도 그를 재구성했다.

그 길에서 벨기에 청소년 두 명과 어른 한 명을 만났다. 그들은 벨기에의 '오이코텐'이라는 팀으로, 1982년부터 비행청소년과 걷는 프로그램을 운영하는 단체였다. 올리비에는 그들을 보며 자연스럽게 이런 생각을 떠올렸다. 출발을 잘못하여 자신의 삶에서 의미를 찾는 데 어려움을 겪고 있는 아이들을 돕는 일에 여생을 바치면 어떨까? 걷기가 나처럼 절망에 빠진 퇴직자를 다시 일으켜세우는데, 사회 밖으로 추방된 아이들에게도 마찬가지 도움을 주지 않을까? 그래서 그는 결심한다. 앞으로도 걷기를 멈추지 않을 것이며, 길에서 만난 청소년을 파견한 오이코텐과 같은 일을 하는 데 온 힘과 수단을 모으겠다고.

그 계획을 실행에 옮기며 그는 예순의 나이에 스스로 늙었다고 생각하기를 거부하며 또 다른 길, 실크로드로 떠난다. 이스탄불에서 중국 시안까지 네 번의 여름을 거치며 1만 2,000킬로미터에 달하는 길을 걸었다.

그리고 2000년 "쇠이유"라는 단체를 설립했다. "쇠이유"는 우리말로 문턱이라는 뜻이라고 한다. 걷기를 통해 소외된 청소년들이 사회의 문턱을 넘도록 돕겠다는 뜻을 담고 있다고 한다. 쇠이유 프로그램은 10대 청소년 한 명이 성인 한 명과 1,800킬로미터를 석 달 동안 걷는 것이다. 언어도 통하지 않는 지역이라야 한다. 절대로 쉬운 일이 아닐 것이다.

우리나라에서도 짧게나마 쇠이유 비슷한 일을 해보자는 움직임이 있었다. 어느 날 내게 제의가 들어왔다. 나는 정중히 거절했다. 나는 그럴 자격이 없는 사람이다. 자식 하나 키워내지 못한 사람이 무슨 자격이 있겠는가? 무엇보다 나는 그 또래 아이를 만나고 싶지도 않고 그럴 마음도 없었다. 내 코가 석 자인데 누구를 보살피겠는가? 그 당시 나는 누구에게 마음을 줄 여유가 없었다. 더군다나 나는 남의 아이를 봐줄 만한 아량도 없고 따뜻하지도 않다. 그런데도 계속 연락이 왔다.

계속 권유와 거절을 거듭하던 중 해를 넘겼다. 나는 회갑이 되고 말았다. 베르나르 올리비에가 실크로드를 떠난 나이, 라인홀트 메스너가 고비 사막으로 떠난 나이, 만 육십.

나도 뭔가를 해야 하나? 생각이 깊어졌다.

인생을 사등분 한다고 보면 스무 살까지는 부모의 자식으로 살았고, 마흔 살까지는 사회인 혹은 한 분야의 전문가로 살았고, 예순까지는 한 사람의 부모로 살았다면, 이제부터는 무엇으로 살 것인가? 육십갑자를 넘겼으니 이제부터의 인생은 덤이고 보너스인데, 뭔가 의미 있는 일을 하고 떠나야 하지 않을까?

그런 고민을 하다 보니, 그동안 남에게 받기만 하고 살았으니 이제부터는 주면서 사는 삶을 살아보자, 봉사가 아니라, 베푸는

게 아니라, 나누며 살자, 이런 생각이 들었다. 그리고 작정했다. 어떤 아이일지는 몰라도 함께 걷기로.

그러니까 그 아이는 내가 세상과 나누며 살기로 마음먹고 첫 번째로 내게 온 동행일 터였다. 내가 과연 잘 할 수 있을지 걱정도 되고, 나와 함께 걸을 청소년은 어떤 친구일지 궁금도 했다.

일행은 그 친구와 나를 비롯해서 보호관찰사 한 명과 방송국 PD, 그리고 카메라 감독이었다. 우리나라에는 보호관찰사 한 명이 100여 명의 아이를 돌봐야 한다는데, 특별히 아이를 위해서 시간을 내준 보호관찰사는 둘레길 주변에 있으면서 만약의 사태를 대비하며 지원조 역할을 했고, 촬영팀은 처음 며칠은 계속 함께 걸으며 촬영하다가 나중에는 필요할 때 오고는 했다. 그날 일정이 끝나면 그 친구와 나는 숙소 주변에서 야영을 했고, 그들은 업무상 야영이 불가능하다며 숙소에서 지내고 아침에 합류했다.

21일이라는 시간에 할 수 있는 산행을 잡아보니 지리산둘레길을 걷고 천왕봉을 오르는 일정이면 되겠기에 그렇게 정해졌다. 출발은 우리 동네에서 하기로 했다.

출발 전날 일행과 함께 온 아이를 만나보니 보통의 그 또래 아이와 달라 보이지 않았다. 키는 크지 않았지만 떡 벌어진 어깨에 비교적 잘 생긴 얼굴이었다. 그 또래 아이들 대부분이 어른을 별로 좋아하지 않듯이, 그 아이도 그만큼 거리를 두는 듯 보였다.

낯선 사람에게 미숙하기는 나도 마찬가지였다. 나는 어쩔 줄 모르겠어서 어색했지만 그래도 아이에게 말도 걸어보고 먹을 것도 해 먹이고 장비 사용법도 가르쳐주며 친해지려고 애썼다. 아이는 표정이 거의 없었고, 내 말은 꼬박꼬박 듣는데 항상 같았다. 오로지 "예, 샘." 눈은 아예 마주치려고 하지도 않았다. 살짝, 아니 심하게 난감했다.

그리고 출발.

그럴 줄은 알았지만 생각보다 훨씬 더 쉽지 않았다. 왜 아니겠는가? 자신이 선택했다고는 하나 실은 산길을 걸을 마음은 추호도 없다. 사정상 마지못해 나서기는 했으나 자신이 왜 지금 이 상황에 처하게 되었는지를 견딜 수 없어 하는 것 같았다. 그것이 고스란히 짜증으로 표현되었다. 조금의 경사 길도 걷기를 거부했고, 길옆에 비탈이라도 있으면 '고소공포증'을 호소하며 움직이기를 거부했다. 수시로 비명 비슷한 소리가 튀어나왔고, 그럴 때마다 내가 걱정이 되어서 왜 그러냐고 관심을 보이면 잔뜩 찌푸린 인상으로 '못 가겠다'만 반복했다.

첫날부터 말이 아니었다. 어찌어찌 그날 목적지에 도착해서는 아이도 나도 완전 녹초가 되어버렸다. 예상은 했었다. 아이나 나나 둘 다 처음 접해보는 만만찮은 상대를 만난 것이다. 나는 아이를, 아이는 산을.

그도 그럴 것이, 아이는 난생 처음 일용에 소용되는 모든 것들(텐트, 침낭, 매트리스는 물론 취사용품과 식량까지)을 등에 지고 그날 하루 15킬로미터 이상을 걸었으니 말이다. 그것으로 하루 일과가 끝나는 것이 아니라, 텐트를 설치하고 밥을 지어 먹어야 하는 것이다. 물론 지원하는 어른들이 옆에 있었지만, 우리 둘은 철저히 야영을 고수해야 했다.

그날의 걷기가 끝난 후의 아이는 언제 힘들어 했냐는 듯 아무 푸념도 아무 불만도 내색하지 않았다. 그런 것을 보니 마음이 좋지 않았다. 그 또래의 다른 아이라면 불평도 하고 어리광도 부릴 텐데, 그는 그러지 않았다.

그날 그 아이와 내가 한 '대화'는 없었다. 아이가 뭐라고 괴성 비슷한 것을 하면 나는 돌아보며 "왜? 괜찮아?"만 반복했을 뿐이었다. 긴 하루였다.

아이가 이해되기는 했다. 걷기만도 벅찬데 짐까지 잔뜩 지고 걸어야 했고, 한겨울에 따뜻한 방이 아닌 차디찬 텐트 생활까지 감당해야 했으니. 본인이 자원을 했다고는 하나 마음속에 불만이 산더미일 터였다.

게다가 안 그래도 어른을 불신하는데 생전 처음 보는 어른과 하루 종일 모든 일정을 함께해야 하는 일도 그에게는 고역이었을 것이다. 휴대폰은 고사하고 음악도 들을 수 없고, 기계라고는 오직 카메라뿐이다. 휴대폰에 익숙해 있는 아이가 카메라로 사진을 찍고 싶겠는가? 아이는 자기에게 주어진 카메라를 한 번도 사용하지 않았다.

함께하는 나 또한 힘겹기는 마찬가지라고 할 수밖에 없는 것이, 처음 접해보는 모든 일들, 가령 그 또래 아이들과는 좀 차이가 있는 것이 사실이기에 나의 행동은 조심스러울 수밖에 없었고 그러자니 모든 것이 썩 자연스러웠다고는 할 수 없었을 것이다. 몸도 마음도 완전 '벽'이어서 무슨 말을 해도 시큰둥, 아니면 무반응, 아니면 영혼 없는 "예, 샘", 가까이 다가가면 움츠림 또는

'얼음땡'이라 나로서는 어찌 해볼 도리가 없었다. 도대체 어떻게 접근해야 할지 막막하기만 했다. 나의 한계와 마주쳐야 하는 시간들이었다.

그럴지라도 우리는 매일 계획한 대로 걸었고, 목적한 대로 동그라미를 완성했다. 아마 아이는 생전 처음 무엇인가를 완성해본 일이었을 것이다.

날짜가 지나며 우리는 조금씩 적응해갔다. 나는 아이가 뭐라고 할 때마다 반응을 보이지 않게 되었고, 가끔은 아이 혼자 남겨두고 먼저 가기도 했다. 아이도 차츰 괴성을 지르지 않았고, 혼자 남겨두어도 곧잘 따라왔다.

길다면 길고 짧다면 짧을 수 있는 시간 동안 우리는 조금씩 변해가고 있었다. 웃음을 모르는 아이처럼 굳어 있던 아이가 가끔 소리 내어 마음껏 웃기도 하고, 사소한 농담을 주고받기도 했다. 전혀 무관심이던 길에 대해 관심을 갖기 시작하는 시간도 왔다. 우리가 얼마나 왔는지, 앞으로 얼마나 더 가야 하는지를 궁금해 하는, 정말 엄청난 발전을 한 것이다. 나중에는 시간 계산까지 함께 하기도 했다.

　이런 날도 있었다. 높은 봉우리를 두 개나 넘고 거리로는 20킬로미터 이상을 걸은 날이었다. 넘어야 할 봉우리가 하나 더 남아 있었지만, 우리는 이미 많이 걸었고 시간도 늦은 때였다. 아이의 고소공포증 호소로 시간이 지체된 거였다. 처음 계획을 세울 때 하루 일정이 길면 그 다음날은 짧게 잡았었다. 나는 내일 일정이 짧으니 오늘 산행은 여기서 마무리하자고 했다. 그런데 아이가 그러지 않겠다는 거였다. 그날 목표한 끝까지 가겠다고 고집을 부렸다. 나는 좀 놀랐다. 그러나 속으로 기뻤다. 아이의 다른 면을 보게 되어 어리둥절하고, 반갑기도 했다.

　"오케이!" 이렇게 말하고 아이의 다짐을 받았다. "대신, 내 뒤를 바싹 따라오기, 불만 말하지 않기!" 아이는 연신 고개를 끄덕였다.

　날은 이미 어두워지고 있었다. 준비해 간 헤드랜턴을 각자 머리에 얹고 우리는 출발했다. 나는 기분이 좋아서 연신 아이를 칭찬하며 뛰듯이 속보로 앞섰고, 순한 양이 된 아이는 잘도 따라왔다. 날이 어두운 게 오히려 아이에게는 고소공포증을 느끼지 않게 되는 모양이었다.

나는 거듭 칭찬해주었다.

"너는 이 정도 결단력이면 앞으로 뭐든지 할 수 있어."

"너는 정말 대단한 아이야."

"네 또래의 다른 애들은 누구도 이러지 못할 거야."

진심이 담긴 칭찬임을 아는지, 아이는 어딘지 행복해 하는 것 같았다. 물론 나도 기뻤다. 둘 모두에게 최고의 날이었다.

최악의 날도 있었다.

보호관찰사는 뭐든지 아이 먼저였다. 그게 아이를 진정으로 위하는 방법인지는 나는 모르겠다. 아마 시설에서는 모든 것을 아이 위주로 하는 모양이었다(나중에 들으니, 요즘 보호관찰 청소년들은 무슨 일이 있으면 바로 '인격' 운운하며 고발한다는 거였다. 그러니 시끄럽지 않기 위해서 그냥 '오냐, 오냐' 한다는 거였다).

하루는 어떤 일 때문에 밥을 함께 먹는데, 아이 밥을 가장 먼저 떠주고 어른이 나중이었다. 평소에 그 비슷한 일들이 눈에 거슬렸는데, 그날은 내가 한마디 했다. 어른 먼저 주시고 아이는 나중에 주는 것이 좋겠다고 했다. 내 생각이 옳지 않을 수도 있겠으나, 나는 그렇게 배웠고 그렇게 알고 있다.

아이는 그 말에 기분이 상했다. 그러면서 불만이 터져나왔다. 아침에 내가 자기를 깨울 때 텐트를 발로 툭툭 차며 깨웠다는 거였다. 그날 아침 아이가 몇 번을 불러도 일어나지를 않기에 텐트를 흔들며 일어나라고 했는데 그걸 발로 찼다고 하는 거였다. 전날 저녁에 아마 약간의 신경전이 있었겠는데, 무슨 일인지는 기억에 없다. 이런저런 일로 기분이 상한 아이는 나를 철저히 외면했다. 약간 열렸던 모든 문이 다시 닫혀버렸다.

나도 한계가 왔다. 내가 뭐하는 짓인가? 아무 의미 없는 일을 하고 있다는 생각이 들었다. 내 아이 딴 세상 보내놓고 뭐하는 짓인지 화도 났다. 좀 괜찮아지나 싶더니 다음날 보면 다시 원위치에 가 있기를 반복하는 데 나는 지쳤다.

나는 그만 두고 집으로 가기로 결정했다. 물론 나의 한계다. 역시 나는 이런 일에는 역부족이다. 이런 일은 청소년 심리나 행동에 대해 공부가 된 전문가가 해야 할 일이다. 나보다 마음이 따뜻한 사람이 해야 하는 것이다. 어쨌든 나는 집에 가기 위해서 쌩 하니 앞서 와버렸다.

뒤에 남은 아이는 PD 아저씨와 옥신각신하다가 급기야 자기 집안 이야기를 하며 울었다고 한다. 그동안 아이는 어떤 경우에도 집안 이야기는 입에 담지 않았고, 한 번도 울지 않았는데 그 날은 그랬다는 거였다.

눈물은 참 위대하다. 울고 난 아이는 내게 와서 미안하다고 했다. 얼굴은 좀 홀가분해 보였고 해맑아 보이기까지 했다. 마음 이 풀린 것이다. 나도 마음이 움직였고, 돌아가려던 발길을 다시 돌렸다. 그리고 한동안은 꽤 화기애애했다, 적어도 겉으로는.

끝은 안타까웠다. 아이는 산행이 끝나고도 별로 감흥을 보이 지 않았다. 끝냈다는 홀가분함도 표출하지 않았다. 나로서는 좀 혼란스러웠다. 이 정도면 대개는 끝났다고 환호도 하고 으스대 고 자랑할 법도 한데, 그러지 않았다. 그냥 무표정했다. 촬영팀 은 실망하는 빛이 역력했다.

나도 마음이 아팠다. 그동안 나름대로 험한 세상을 겪었기에 감정을 표현하는 것을 배우지 못했던 것 같았다. 아니면 내색하 지 않는 법을 익혔거나. 그러나 내가 해줄 수 있는 것은 없어 보 였다.

처음에는 세상의 모든 산을 파내서 없애버리고 싶다던 아이 였다. 그러나 그는 마음먹으면 나보다 더 잘 걸을 수 있는 아이였다. 이따금 먹을 것을 나누기도 하고, 멋진 풍광을 만나면 친구들과 함께 할 수 없음을 안타까워하기도 했다. 그런데 그 길의 끝에서, 아이는 그런 변화된 모습을 다시 속으로 집어넣는 것 같았다. 안쓰러웠다.

하긴, 누군가를 변화시키기에는 턱없이 부족한 시간이었다. 그 정도로 사람이 변할 수 있다면 누구나 그 방법을 썼을 것이다.

그럼에도 불구하고 그 걷기는 막다른 골목에 처한 아이가 세상 밖으로 나올 수 있는 기회였다고 나는 믿는다. 자기 자신을 발견하고, 타인과 마주하며, 건강한 소통과 교류가 무엇인지 깨닫는 데 도움이 되는 시간이었기를 바란다. 나 또한 많이 부족했지만 내 나름의 치유와 나눔의 시간이었다.

올리비에의 말처럼 "출발을 잘못해서 자신의 삶에서 의미를 찾는 데 어려움을 겪고 있는" 아이들에게 우리가 무엇을 해줄 수 있을지, 좀더 깊이 있는 고민이 필요하다. 또 기회가 주어지면 다시 그 길에 도전하겠다. 그때는 나도 좀더 여유롭게 처신하며 아이의 길에 동행이 되고 싶다.

지리산학교

"오늘이 그날이다."

호주 원주민 우둔제리 족의 인사말이라고 한다.

이 말은 예고된, 필연적인, 이미 준비된, 꼭 생겨야만 하는 그 날이 왔다는 의미라고 알고 있다.

지금부터 약 11년 전 어느 "오늘의 그날", 지리산 지역에 살고 있는 예술가들과 지역 주민이 모여 서로 배우고 나누고 소통하 자며 '지리산학교'를 만들었다.

지리산에서 나고 자란 사람뿐 아니라 귀농귀촌이라는 명목으로 지리산으로 흘러온 사람, 자연이 좋고 산이 좋아 지리산에 기대 사는 사람, 좀더 깊은 자신의 세계를 만들 터전으로 지리 산을 택한 사람, 그리고 아직도 도시에 살지만 지리산을 그리워 하는 사람 등이 모인 것이다.

자신이 조금 더 알고 있거나 먼저 알고 있던 것을 나누려는 사람은 교사가 되었고, 그동안 지리산과 더불어 살고 있었지만 지역 특성상 문화적 환경이 열악한 탓에 뭔지 모를 갈증이 느 껴졌을 사람들은 자신이 관심이 가는 분야를 선택해 학생이 되 었다.

그렇게 지리산학교는 처음 시작되었고, 단지 뭔가를 배우는 학교라는 틀을 벗어나, 서로 생각이 비슷한 사람들을 만나 교류 하고 소통하는 공간이라는 의미가 실로 컸다고 생각한다.

지리산학교는 악양에 있다.

백두산에서 흘러내린 백두대간이 영신봉에서 갈무리되며 낙 남정맥을 만들고, 낙남정맥과 함께 삼신봉에 이른 산줄기는 다 시 남쪽으로 가지를 뻗어서 상불재와 시루봉을 이루는데, 그곳 에서 내려온 산줄기는 양팔을 벌린 것처럼 두 갈래로 나뉜 채

처음엔 그 산이 그 산 같고 그 봉우리가 그 봉우리 같아만 보였는데, 산에서 보내는 시간
이 많아지며 산 이름을 알고 나무 이름도 알고 꽃 이름도 알아가다 보면, 산 다니는 재미
가 얼마나 큰지 몸소 느끼게 된다.

가라앉았다가 섬진강에 풍덩 빠진다. 그 양팔 사이에 포근히 안긴 곳이 바로 악양이다. 그러니까 악양은 백두대간의 뿌리인 셈이다. 그곳에 지리산학교가 있다.

시문학반, 사진반, 도자기반, 천연염색반, 목공예반, 퀼트반, 그림반, 기타반 그리고 숲길걷기반 등이 개설되었다. 나는 숲길걷기반을 맡았다. 문화 활동을 접하기 힘든 시골에 근사한 문화학교가 생겼으니, 귀촌한 사람들이 관심을 많이 가졌다.

인터넷에 댓글을 잘 달고 싶어 시문학반에 등록했다가 현장감 넘치는 자신의 시를 지어 대중 앞에서 발표를 하며 웃음과 박수를 받기도 하고, 세상에 단 하나뿐인 자기만의 작품을 만들어 사람들에게 자랑하거나 직접 생활도구로 사용하기도 했다.

비가 오나 눈이 오나 카메라 하나 둘러메고 그동안 눈으로만 감상하던 풍광을 카메라에 담기 위해 지리산을, 섬진강을, 평사리 들판을 누비기도 하고, 음표도 읽을 줄 모르던 사람이 어느

새 멋드러지게 기타를 치면서 자신이 좋아하는 노래를 남들 앞에서 부르며 박수를 받기도 했다.

그동안 잡초인 줄만 알았던 이 땅의 모든 풀들이 제각기 자신의 이름이 있고 또 그 풀을 먹을 수 있다는 사실에 놀라기도 하고, 한번도 양조를 해본 적 없던 사람이 어느 날 전통주나 수제맥주를 빚어내거나, 가지가지 김치와 장류, 효소를 만들어 이웃에게 나누며 뽐내기도 한다.

작가들의 전유물인 줄만 알았던 '작품'을 자신이 직접 만지고 다듬어서 빚어낸 오직 자신의 것! 참 신기하고 기분 좋은 일이었을 것이다.

조금 세월이 흐르며 자신이 배운 것으로 작품을 만들어 전시회도 하고, 또 그것을 밑천 삼아 가게를 차려서 작품도 팔며 사랑방 구실을 하는 사람도 생겼다. 학생이 교사가 될 수도 있고 교사도 다른 반의 학생이 되어, 서로 배움을 나누었다.

내 반인 걷기반의 학생은 지리산 주변뿐만 아니라 전국에서 온다.

주로 지리산을 그리워하고 지리산에 살고 싶어 하는 사람이 대부분이다. 그밖에도 그냥 지리산을 걷고 싶은 사람이나 몸과 마음을 치유해보고자 오는 사람도 있다. 지리산 곳곳을 걸으며 땀을 흘리고, 함께 밥 먹고 웃고 떠들며 하는 사이에, 산에 기대고 사람에 기대다보면 어느새 몸도 마음도 어딘가 모르게 치유가 되곤 한다.

멀리서 오는 관계로 하루 수업에 며칠을 투자하는 열성 학생도 있다. 그러나 주변에 방을 얻기노 하고, 아예 이사를 온 사람도 있다.

처음에는 그 산이 그 산 같고 그 봉우리가 그 봉우리 같아만 보였는데, 산에서 보내는 시간이 많아지며 산 이름을 알고 나무 이름도 알고 꽃 이름도 알아가다 보면, 산 다니는 재미가 얼마나 큰지 몸소 느끼게 된다. 또 아래세상에서는 접할 수 없는 풍광과 자연을 보며 감탄하고 서로 고마워하며 인연의 소중함도 느낀다. 손에 남겨지는 유형의 '작품' 같은 건 없지만, 저마다의 몸과 마음에 그 작품 이상의 것이 담겨졌으리라 생각한다.

연말에는 학교 전체의 작품 발표회 겸 전시회를 한다.

세상에서 단 하나밖에 없는 자신의 작품이 사람들에게 공개되는 시간이라, 다들 수줍고 설레고 자랑스러울 것이다.

작품을 감상하는 사람들은 그 짧은 시간에 이렇게 훌륭한 것을 창작해낸 데 대해 찬사를 보낸다. 감동의 시간이다.

가끔 학생의 작품이 팔려서 '매매'라는 딱지가 붙기도 한다. 자신의 작품을 보아주는 것만도 고마운데, 그걸 값을 치르고 사주니 얼마나 뿌듯하고 감사할 것인가.

학교 전체 전시회를 시작으로 각 반의 동문들의 작품 전시가 줄을 잇는다. 학생들의 작품은 해가 갈수록 더욱 더 수준이 올라간다.

지난해에는 10주년 기념 책 『지리산학교 이야기』를 펴냈다. 그 책에는 우리의 10년이 고스란히 담겨 있다. 그 책에 담긴 사진을 보다 보면 내가 그때 이렇게 젊었었나? 하는 놀라움도 있다. 참 열정도 많았다 싶다.

앞으로도 10년, 또 10년을 거듭하며 지리산학교는 이어질 것이다.

팔십다섯 청춘

청춘이 어디까지인지, 무엇을 청춘이라고 하는지 헷갈리는 일이 생겼다.

친구들과 산행을 하며 우리도 나이를 솔찬히 먹었다는 둥, 우리가 언제까지 산행을 이렇게 할 수 있을지 모르겠다는 둥, 이야기하며 제법 나이 먹은 티를 내는데, 친구 한 명이 가소롭다는 표정으로 우리를 바라보며 놀랄 만한 이야기를 들려준다.

자기와 함께 산행하는 그룹에 연세가 팔십다섯이신 분이 있다는 말을 거짓말처럼 하는 거였다. 그것도 그냥 그 나이에 맞게 살살 다니는 게 아니라 아주 빡세게 산을 오른다는 것이다.

일반 걷기 산행은 그냥 일상이고, 암벽 등반에 릿지 등반까지를 보통으로 한단다. 설악산을 갈 때는 본인이 주도해서 코스를 잡는데, 그 계획이 좀 과한 편이라 함께하는 사람들이 무척 힘들어 한다고 한다. 하지만 정작 본인은 열 몇 시간씩 걷고도 피곤한 기색 하나 없다는 것이다. 친구의 말만으로는 믿어지지가 않았지만 그 친구가 우리에게 거짓말을 할 리는 없으니 믿는 수밖에 없었다.

만나보고 싶었다. 함께 산행을 해보고 싶었다. 그래서 친구를 졸랐다. 내가 누구에게 산에 같이 가자고 조르는 건 참 흔치 않는 일인데, 그렇게 했다.

친구의 연락을 받은 그분도 몹시 흥분한 듯, 즉시 반응이 왔다. 그분은 그때까지는 휴대전화의 문자를 볼 수는 있는데 답장은 하지 않았다고 한다. 누구보다 나는 이해한다. 기계가 익숙하지 않으면 당연히 그럴 수 있다. 그런데 답장이 왔다. 어떻게? 무엇으로?

하하. 그냥 자판을 두드린 것이다. 뭐 "ㄱㄴㅏㅑ" 이렇게.

그 즉흥적인 답장은 감동이었다. '좋다'라는 표현을 그렇게 한다는 것은 보통 센스가 아닌 것이다. 아마도 그분은 나를 이미 알고 있었을 것이고, 그간 기회가 없어서 만나지 못했는데 비로소 만나게 된 것에 흥분했었던 모양이다.

우리는 일사천리로 약속을 잡고 만나기로 했다. 내 집에서 1박2일 동안 놀기도 하고 산행도 하기로 했다. 며칠 후 내 집에 일명 왕언니 군단이 모였다.

왕언니 신옥자 씨를 비롯해서 문길자, 심현숙 그리고 내 친구 노은희에 나까지. 내가 나이가 가장 어리다. 요즘 내 주변에서 흔히 볼 수 없는 일이다. 언제부터인가 어디를 가나 항상 나이 많은 그룹에 속하곤 했는데, 이 모임에서는 명함도 내밀지 못할 정도다.

그렇게 만나본 왕언니는 정말 대단했다. 당신의 몸과 마음 어디에도 우리가 알고 있는 팔십대 중반의 모습이 없었다. 행동과 목소리에 활력은 넘쳤고, 소녀처럼 까르르 웃기도 잘 했다.

음식도 함께 먹으면 저절로 맛이 났다. 무엇이나 긍정적으로 대응했고, 어제도 내일도 아닌 오로지 오늘을 살고 있다는 느낌을 주었다. 오늘 지금 여기에 최선을 다해서 살아가는 삶이란 얼마나 본받을 만한가.

함께 나선 산행에서는 더 큰 놀라움을 안겨줬다. 반듯한 자세와 거침없는 걸음에 당당함이 묻어났다. 패션 감각은 말할 필요도 없고, 뒷모습은 영락없는 사십대로 보였다. 만나는 사물마다 저마다의 장점을 발견하는 재주가 있고, 그것을 칭찬하고 예뻐하는 심성을 지녔다. 저마다의 사물에서 좋은 점을 발견해서는 일행에게 알려주고 함께 감탄하게 한다. 당연히 아는 것도 많다. 살아 있는 백과사전 같다.

산길을 걷다가 내키면 하이소프라노로 노래도 한다. 목소리가 청아하다. 급경사의 오르막에서도 노래를 부르거나 불경을 낭송한다. 젊은 것들은 숨이 차서 헉헉거리는데, 홀로 소리 높여 반야심경이나 금강경을 외울 때는 경외감마저 든다. 숨은 차는 듯한데도 아랑곳하지 않고 계속 이어지는 그 소리는 변함이 없다. 가끔은 오래된 유행가를 부르기도 하는데, 가사 하나 막힘이 없다. 도대체 저분의 나이는 어디로 간 걸까.

그분인들 왜 인생의 굴곡이 없었겠는가. 그가 살아온 세월이 어디 보통 세월인가? 일제 식민 시절도 지났고, 한국 전쟁도 지났으며, 저 가난했던 시절을 고스란히 겪으며 살아오신 것이다. 그 연배의 누군들 겪지 않았을까마는, 이분도 가혹한 삶을 건너야 했다. 굶기를 밥먹듯했고, 가족을 부양했으며, 바람피우는 남편을 봐야 했고, 남의 아이를 키우기도 해야 했다. 그 와중에 죽을병에 걸려서 생을 포기하려고 할 때, 산을 만났다고 한다.

산이 손을 내민 것이다.

산이라고는 전혀 몰랐던 그는 오로지 살 길은 산이라는 것을 본능적으로 알아차리고 산으로 갔다. 그리고 그는 살았다.

산은 그에게 산이면서 신이고 든든한 후원자이자 친절한 연인이었다. 매일 출근하듯이 산으로 갔다. 비바람이 분다고 출근 안하지 않듯이, 눈보라가 친다고 결근하지 않듯이, 그리고 감기 몸살이 걸렸다고 빼먹지 않듯이, 그렇게 산으로만 갔다.

어떤 때는 새벽 세시에 일어나 가기도 하고, 어떤 때는 열 몇 시간을 걷고 오기도 했다. 그렇게 하기 시작한 것이 마흔부터라고 하니 대략 사십오년을 그렇게 다닌 셈이다.

죽는다고 했던 몸은 누구보다 건강해졌고, 지금은 이렇게 젊기까지 하다. 보통 상식으로는 잘 납득이 가지 않지만, 그분은 그랬다.

산행을 끝내고 집에 돌아와서는 발가벗고 온몸에 우물물을 좍좍 끼얹는다. 아직도 쌀쌀함이 남아 있는 오월인데, 좋아 어쩔 줄 모르며 우물물을 즐긴다. 놀랍다.

　이분은 기초수급 대상으로, 나라에서 주는 연금으로 생활한다고 한다. 한 달에 얼마씩 지급 되고 겨울에는 난방비로 따로 나오는 모양인데, 겨울에도 난방을 하지 않아서 도로 가져간다는 것이다. 어떻게 겨울에 난방을 하지 않고 살아갈 수 있는지 나로서는 알 수가 없다. 나중에 들어보니 그랬다. 갑갑증이 있어서 등에 따뜻한 기운이 느껴지면 견딜 수 없다고 한다. 아마 젊은 날의 화증이 그렇게 되었을 거라고 본인도 짐작만 한다. 덕분에 함께 온 젊은 언니들은 내 사랑방의 구들의 진가를 만나지도 못했다.

　기초수급 대상자인 왕언니는 동생들에게 가끔 용돈도 준다고 한다. 나도 받았다. 내가 미국의 장기 트레일인 PCT를 간다고 하니, 배 곯지 말고 상점 만나면 배불리 사 먹으라고 용돈을 쥐어준다. 부담이 안 되는 건 아니었으나 왠지 뻐기고 싶은 마음도 없지 않았다. 누가 그 나이에 그런 용돈을 받을 수 있겠는가. 실제로 PCT를 걷다가 정말 배가 고팠을 때, 왕언니가 준 용돈으로 원없이 배터지게 맥주와 햄버거를 사먹었다.

왕언니는 젊은 날 이미 해외 유명한 트레일을 많이 했다고 한다. 이제는 눈에 압이 차서 비행기를 탈 수 없어 해외는 갈 수 없다며 아쉬워한다. 피크 등반을 못 해본 것이 아쉽기 때문이다.

지금의 희망은 백두대간을 한꺼번에 이어서 종주하는 것이다. 백두대간 구간 산행을 몇 번 따라가보기는 했는데 영 본인의 산행 스타일과 맞지 않았다고 한다. 그래서 중간에 내려갔다 다시 올라가는 것이 아닌, 일시 종주를 하고 싶다고 한다. 다만 함께 할 일행을 구하지 못해서 미루고 있다.

왕언니 군단 사람들이 함께했으면 하지만, 이미 백두대간을 한 사람도 있고 할 마음이 없는 사람도 있고, 하고 싶지만 겁이 나서 선뜻 나서지 못하는 사람도 있는 것 같다. 아무리 젊게 산다고 하지만 세월은 자꾸 흐를 테고 나이는 어쩔 수 없이 먹어가는데, 하려면 하루라도 빨리 시작해야 할 것인데 안타깝다.

내가 나서기는 조심스럽기도 하고, 아직 PCT를 남겨둔 상황이라 말을 못했다. 기회가 된다면 왕언니와 백두대간 길을 함께 걷고 싶은 마음이 있다.

왕언니 같은 분이 있어서 우리는 자극을 받는다. 나를 돌아보고 부끄러워하기도 하고, 나도 저래야지 하며 다짐도 해보는 것이다.

하지만 나는 어림도 없다. 나도 출근하듯이 매일 산에 들기는 하나, 결근도 가끔 한다. 비가 온다고 눈이 온다고 얼씨구나 하고 안 가는 날이 있는 것이다. 자극받아 마땅하고, 당연히 본받아야 하는 부분이다.

숲길걷기 반

'지리산학교'에서 내가 담당하는 과목은 숲길걷기 반이다.

걷기를 좋아하는 사람이나, 걷고 싶은데 동무가 필요한 사람, 운동을 해야 하는 사람, 몸이나 마음이 아픈 사람, 산을 좋아하는 사람, 또는 사람을 좋아하는 사람, 그리고 나를 만나러 찾아온 사람 등 다양한 사람들이 전국에서 모인다.

각자 이유도 다르고 사연도 다르지만, 함께 모여서 산길을 걷는다. 함께 땀 흘리고, 함께 즐거워한다. 함께 웃고, 함께 수다를 떨며 서로를 알아간다 함께하는 시간이 늘어날수록 친분도 쌓여간다.

처음에는 불만도 없지 않았다. 숲길걷기 반이라기에 숲길만을, 그것도 포장되지 않은 평지 길만을 살랑살랑 걸을 줄 알고 왔는데 산을 오른다고, 심지어 어떤 때는 봉우리를 몇 개씩 넘는다고, 투정과 불만이 있었다. 그렇지만 그렇게 투정하던 사람도 결국 재미있게 잘 따라다닌다.

반원들은 각자 '저마다의 섬'에서 살다가 함께 산길을 걸으며 서로 사연을 주고받다가 놀란다. 공통분모가 있기 때문이다. 그렇게 서로를 위로하면서 때로는 함께 울고 웃는다. 누구는 마음의 상처를 치유받기도 하고, 누구는 아팠던 몸이 좋아지기도 한다.

절대 넘을 수 없을 것 같던 산봉우리를 넘고는 서로를 치켜세우기도 한다. 상대를 칭찬하면서 동시에 대견한 자신을 칭찬하는 것이다. 몸무게가 어느새 줄어 있는 자신을 발견하고는 신기해하고, 구부정했던 몸이 배낭을 메면 자신도 모르게 반듯해지는 것을 알게도 되며, 숨이 턱까지 차올랐다가 이내 점점 고요해지는 것을 경험한다는 것도 축복이라면 축복이라 할 것이다.

산행은 인생과 비슷하다. 인생을 함께 살아줄 수는 있지만 대신 살아주지는 못하는 것처럼, 산행도 그렇다. 함께 걸을 수는 있지만 대신 걸어줄 수는 없는 것이다. 오로지 내가 직접 내 발로 걸어야만 하는 것이다.

10년 세월을 그렇게 보내면서 많은 사람들이 다녀갔다.

단 한번 나오고 그만둔 사람도 있었고, 10년 전 친구가 지금 내 수업은 함께 하지 않지만 가끔 연락을 주고받으며 가끔 함께 걷기도 한다. 그 세월 동안 나와 함께 산길을 걸으며 울고 웃었던 친구 중 몇은 산보다 더 높은 곳으로 가버렸다. 그런 일을 겪으면 한동안, 뒤를 돌아보면 그가 웃으며 따라오는 것 같은 착각이 들기도 한다. 그럴 때는 참 쓸쓸하다.

그냥 평지 숲길을 서너 시간 걷겠거니 하고 찾아왔던 사람들이, 어느 날 지리산 종주를 하고 있는 자기 모습을 보며 꿈인지 생시인지 모르겠다고 한다. 정말 위대한 발전이다. 물론 많은 시간 동안 나와 함께 산을 오르내린 후이기는 하지만, 어쨌든 지리산 종주 산행이 어디 쉬운 일이던가. 그들의 감동에 전염된 나도 즐거움이 한 달은 갔다.

그러면 뭐하나? 한동안 나오지 않으면 도로아미타불이다. 다시 배는 나와 있고, 숨은 턱 위로 올라가고, 다리가 무거워서 걷기 힘들어한다. 안타깝다. 그렇다고 내가 억지로 끌고다닐 순 없는 노릇 아닌가.

숲길걷기 반으로는 양껏 걸을 수 없는 친구들이 작당을 해서 '빡센' 산행 반을 만들기도 했다. 나로서는 아주 반가운 일이 아닐 수 없는 것이, 나도 양껏 걸을 수 있기 때문이다. 그리고 코스 잡기도 수월하다. 숲길걷기 반은 매 수업마다 코스 잡는 데 많은 고심을 해야 한다. 모든 사람에게 다 맞출 수는 없지만 그래도 참가하는 사람들의 면면을 봐서 균형에 맞게, 특히 가장 못 걷는 사람도 따라올 수 있는 코스를 잡아야 하기 때문이다. 그런데 '빡반'은 걷는 실력이 어느 정도 평준화되어 있어서 어디를 잡아도 무난했다. 많이 힘든 코스를 잡아도 불만이 있을 수 없었다. 왜냐하면 '빡반'이니까.

많이도 걸었다. 나는 신이 났다. 맘껏 걸을 수 있었으니까. 다들 걷기 실력이 날이 갈수록 좋아져서 나와 함께 걸을 만했고, 그래서 원없이 걸으며 서로가 만족한 좋은 시절이었다.

그 다음 수순으로 히말라야 트레킹도 가고, 킬리만자로도 오르고, 백두대간도 하기에 이르렀다. 지리산학교에서 내가 이끈 산행으로 백두대간 두 번과 호남정맥 한 번은 기록될 만하다. 백두대간을 남의 이야기로만 알았던 아줌마들이 일년 여 동안 함께 걷고 함께 땀 흘리며 백두대간을 걸었다. 함께 먹고 함께 자고 욕도 하면서 북으로 올라가는 동안, 떠오르는 태양을 보았고 산이 깨어나는 것도 보았다. 밤에 잠들었던 식물이 기지개를 켜며 깨어나는 것도 보았고 지는 해와 떠오르는 달도 보았다. 그동안 어디에서도 만날 수 없었던 풍경들을 눈으로 보고 몸으로 체험했다.

배고픔과 갈증, 무거운 짐, 추위와 더위, 그 모든 것을 백두대간에서 경험했다. 사람이 그렇게 많이 먹지 않아도 된다는 것, 우리가 정말 필요로 하는 물은 그리 많지 않다는 것도 백두대간은 가르쳐주었다.

백두대간 산행은 인생과 비슷하다. 인생을 함께 살아줄 수는 있지만 대신 살아주지는 못하는 것처럼, 산행도 그렇다. 함께 걸을 수는 있지만 대신 걸어줄 수는 없는 것이다. 오로지 내가 직접 내 발로 걸어야만 하는 것이다. 그것을 가르쳐준 백두대간은 위대한 스승이며, 커다란 학교였다.

몇 년 후에는 호남정맥 팀이 꾸려졌다. 이번에는 혼성팀으로, 한 달에 두 번 1박2일씩 일 년 반 동안 걸었다.

호남정맥은 전라남북도를 빙 돌며 산이 이어져 있는데, 여러 정맥 중에서 가장 긴 정맥이다. 백두대간과 달리 야산도 많고 잡목 숲이 많아 길이 썩 좋다고 할 수 없다. 야산이 많다는 건 동네나 동네 가까운 곳을 많이 지난다는 얘기다. 그런데 역시 전라도는 다르다. 우연히 들어간 식당도 맛이 장난이 아니었다. 곳간에서 인심난다고, 인심도 정말 후했다. 음식도 맛이 좋은데 인심까지 좋으니 먹는 재미가 두 배였다. 김치가 맛있다고 하면 그냥 싸주는 건 보통이어서, 필요할 때면 맛있다고만 해도 되었나. 산행하는 재미에 먹는 재미까지 붙어서 가히 '호남성맥 낫기행'이라 할 만했다. 나는 산행 계획을 세우고 다른 친구는 아예 그 주변 맛집을 알아와서는 산행 후 다양한 전라도 음식을 원없이 먹어보는 호사를 누렸다.

그동안 자주 접할 수 없었던 산들을 만나는 재미도 있었다. 함께 한 친구들뿐 아니라 나 자신에게도 큰 선물이었다. 호남정맥 또한 위대한 스승이다. 산 공부, 음식 공부, 사람 공부, 많이 했다.

그 사이에 틈틈이 히말라야 트레킹도 다녀오고, 각지의 산들도 열심히 다녔다. 또 한 번의 백두대간 팀이 꾸려졌고, 이번에는 익숙하게 잘 했다. 가끔 사람으로 인해 상처도 받았지만, 그보다 자주 사람으로 인해 위로를 받았다. 나로서는 또다른 인생의 전환점이 되었다고 볼 수도 있다. 젊은 날 등산가로 살았고, 그 이후 지리산에 내려오며 '입산'이라 했는데, 지리산학교에서 새로운 친구들을 만나면서 또다른 전성기(?)를 맞이했다고 할까? 나는 혼자서도 걷겠지만 작은 일이라도 남에게 도움이 되는 일로 걷는다는 게 좋다.

10년 세월 동안 떠날 사람 떠나고 남을 사람 남고, 또 새로운 사람들이 모이며 오늘에 이르렀다. 고마운 인연들이다.

눈꽃 산행

겨울이 오면 지리산 주변에 사는 나의 산 친구들은 부산해진다. 눈이 오면 어느 산으로 어떻게 산행을 할지 서로 의견을 나누느라 바빠지는 것이다. 이 땅의 어느 산인들 좋지 않은 산이 없지만, 그래도 각자 자기가 선호하는 산이 있기 때문이다.

누구는 소백산이 눈 산행에는 최고라 하고, 누구는 태백산이 더 위라고 꼽는다. 누구는 덕유산이, 누구는 설악산이, 또 누구는 역시 지리산이 으뜸이라고 저마다 칭찬을 늘어놓는다. 하지만 그렇게 의견이 오가다가도 결론은 그때그때의 분위기에 따라 어렵지 않게 마무리 된다. 각자 선호하는 산이 조금 다를 뿐,

사실은 어느 산을 가도 무방하기 때문이다. 어느 산인들 어떠랴. 그냥 산에 가는 것이 좋고, 함께 가는 것이 더 좋고, 더구나 눈 산행이면 최고인 것을.

올겨울은 춥지도 않고 눈도 많이 오지 않아서 날짜를 잡지 못했다. 그냥 눈 소식 있는 날이 우리가 떠나는 날이라고 그렇게 정했다.

지리산은 가까우니 언제 어느 때나, 누구와도 어렵지 않게 갈 수 있겠기에 살짝 뒤로 밀리고, 조금 가까운 덕유산이 이번 우리 번개 산행지로 선택되었다. 덕유산은 비교적 남쪽에 있는데도 눈이 많이 오기로 유명하고, 더구나 설경이 비할 데 없이 아름답기 때문이다.

겨울임에도 날씨가 포근한 탓에, 아래는 비가 와도 그래도 산 위에는 눈이 오겠지 하는 희망을 버리지 못한 성급한 우리는 더는 참지 못하고 아주 작은 비 예보를 듣고 산행을 감행했다.

코스는 지리산권과 덕유산권이 갈리는 지점인 육십령에서 시작하기로 했다. 육십령에서 남덕유로 올라 삿갓골 대피소에서 일박 하고 다음날 향적봉을 거쳐 내려오는 능선길. 이 코스는 백두대간 산길 중에서도 난이도가 높은 코스로 꼽히는 부분이다. 그리고 내가 해마다 겨울에 한 번은 꼭 다녀오는 코스이기도 하다.

악양, 화개에서 신새벽에 출발해 육십령에 차를 세워두고 우리는 각자 먹을 것과 하룻밤 묵는 데 필요한 이것저것을 배낭에 챙겨 출발한다. 그런데 우리의 기대와 달리 눈은 없다. 우리가 너무 성급했던 탓이다.

그럴지라도 산이 아닌가? 눈이 없어도 우리는 그냥 좋기만 하다.

둘두탈라 산길을 접어들지만, 이내 말이 없어진다. 경사기 급하기 때문에 서로 이야기하며 걸을 여유가 없는 것이다. 강풍에 미세먼지까지 심해서 시계는 흐리고 전망도 없었다. 날을 잘못 잡은 나는 더욱 더 할 말이 없는 것이다.

유난히 오르내림이 심한 구간에다 곳곳에 암벽까지 있어 체력이 많이 소모되는 구간이다 보니, 괜히 일행들에게 잘못한 것 같은 마음이 자꾸 고개를 든다. 그래서 그런지, 내 걸음은 나도 모르게 빨라졌다. 혼자 고도를 높이며 올라갔다. 그랬더니 서서히 미세먼지도 걷히고 파란 하늘이 보이기 시작한다. 내려다보니 저 아래 세상은 여전히 뿌옇게 보인다.

산을 온통 거대한 흰 천으로 씌워놓은 것 같다. 혹은 산이 흰 옷으로, 온갖 반짝이는 눈꽃 드레스로 갈아입은 것 같다. 그런 산이 장대한 일출까지 선물해주신다. 오로지 감탄뿐이다. 역시 덕유산이다.

해발 1,000미터를 넘으면서부터는 바닥에 눈이 있어 아이젠을 착용해야 했다. 저물기 전에 대피소에 도착하기 위해서 서두른다. 산에는 밤이 빨리 온다.

대피소에 도착해서 침상 배정받고 모처럼 버너 피우고 밥 해 먹고 각자 준비해간 발효된 물도 마시며 우리는 즐거웠다. 모처럼 각자의 집을 벗어나 산에서, 산장에서, 백두대간 능선에서 하루를 보내는 것이다. 해방이다. 세속의 일들은 뒤로 밀어버리고, 그냥 지금 여기가 천국인 것이다.

우리가 묵는 넉유산 삿갓골재 대피소는 비교적 최근에 지어진 곳이라 시설이 좋은 편이다. 난방도 잘 되고 침상도 칸막이가 있어 다른 산장에 비해 편히 잠에 든다.

다음날 새벽.

밖으로 나온 우리는 깜짝 놀랐다. 지난밤에 무슨 일이 있었던 걸까. 산이 요술을 부린 걸까. 능선에, 나무마다에, 하얀 꽃들이 무수히 피었다. 상고대다.

산을 온통 거대한 흰 천으로 씌워놓은 것 같다. 혹은 산이 흰 옷으로, 온갖 반짝이는 눈꽃 드레스로 갈아입은 것 같다. 그런 산이 장대한 일출까지 선물해주신다. 오로지 감탄뿐이다. 역시 덕유산이다.

어제와 달리 날씨는 더없이 맑고 청명해서, 우리의 지리산은 물론 남부지방의 모든 산이 다 보이는 듯하다. 나는 신이 나서 하나하나 손으로 꼽으며 산 이름을 부른다.

지리산 주능선은 손에 잡힐 듯 가까이에서 평화롭게 이쪽 덕유산을 바라보고 있고, 가야산은 또다른 자태를 뽐내고 있다. 민주지산, 백운산과 삼도봉도 한눈에 들어온다.

일행은 풍광에 감동하고 눈꽃에 감격한 나머지 진행을 못한다. 걷는다기보다 하는수없이 발을 옮기는 수준이다. 와와! 감동하느라, 사방을 둘러보느라 다른 건 다 잊었다. 누구는 겨울왕국에 들어왔다고 하고, 누구는 바다 속 같다, 산호 같다, 누구는 사슴뿔 같다, 다들 야단이었다.

그럴 만하다. 40년 넘게 산을 다닌 나조차도 이만한 상고대를 본 일은 드물었다. 그러니 일행은 오죽했겠는가. 축복이다. 축복받은 인생이다. 평일이라 사람도 거의 없으니, 온 산이 우리 차지였다. 마음껏 즐기고, 마음껏 행복해한다. 그러느라 힘든 줄도 모르고, 배고픈 줄도 몰랐다.

산 위에 펼쳐진 자연의 예술품 안에서 하루를 원없이 즐거워했다. 멋진 눈꽃 산행이었다. 하지만 이제는 하산할 시간. 우리는 곤돌라를 타고 내려왔다. 순식간에 천산 또는 천상에서 세속으로 떨어진 기분이랄까. 또 요술을 부린 것 같다.

세속은 역시 번잡하다. 아래 스키장에는 온갖 화려한 옷을 차려입은 스키어들이 나름 행복해 하는 표정으로 몰려다닌다. 하지만 나는 그들이 하나도 부럽지 않다. 그들은 인공으로 만들어진 눈에서 놀고 있지만, 우리는 저 위 천상에서 놀다가 왔기 때문이다. 저 천상을 저들은 상상도 못할 것이다. 스스로 발품을 팔고 땀을 흘려야만, 직접 걸어서 올라야만 만날 수 있는 천상인 것이다.

현실로 돌아와서야 비로소 우리의 몰골이 보인다. 다들 눈과 바람에 얼굴은 말갛게 얼었고, 잠을 제대로 못 자고 씻지 못해 꼬지지하다. 배도 고프다. 그래도 기분은 마냥 좋기만 하다. 그래서 우리는 이미 다음 눈 산행 약속을 잡는다. 다음은 소백산이다. 벌써 기다려진다. 소백산의 바람과 눈이.

로저 셰퍼드 씨

내가 그를 처음 만난 건 백두대간 위에서였다.

2009년 가을이었다. 백두대간 산행 중 소백산을 지나 백두대간 상의 몇 안 되는 생명수가 있는 고치령에서 하룻밤을 보내고 선달산을 향해 북상하는데, 저쪽에서 인기척이 나더니 불쑥 사람이 나타났다. 그런데 놀랍게도 한국인이 아니고 외국인이었다.

그는 우리와 비슷한 크기의 배낭을 메고 긴 다리로 성큼성큼 다가오며 환한 얼굴로 우리를 반겼다. 물론 우리도 반가웠다. 백두대간 상에서 사람을 만나기는 쉽지가 않은데, 더구나 외국 사람을 만났으니 얼마나 신기하고 반가웠겠는가.

우리는 배낭을 멘 채로 서서 한동안 손짓 몸짓으로 얘기를 나눴다. 대충 알아듣기로 자기는 뉴질랜드 사람으로 우리나라 산이 너무 좋아서 산행 중이고, 백두대간은 물론 호남정맥과 낙남정맥도 이미 종주했다는 것이었다.

나는 놀라워서 입이 다물어지지 않았다. 외국인이 우리의 백두대간과 정맥들을 답파했다는 게 놀라웠다. 내가 지리산에서 오는 중이라고 하니 자기는 지금 지리산으로 가고 있고, 화엄사에서 친구를 만나 템플스테이를 한다는 것 같았다.

말이 잘 통하지 않아 많은 이야기는 할 수 없었지만 자기는 한국에 와서 주로 산행을 하지만 절 사진과 굿 하는 장면을 많이 찍는다고 하는 것 같았다. 명함을 받았다. 그리고 그는 남쪽을 향해서, 나는 북쪽을 향해서 각자 백두대간 길을 가기 위해 헤어졌다.

백두대간 산행을 끝내고 돌아와 원고를 준비하다가 그가 생각났다. 명함의 정보를 가지고 인터넷을 살펴보니 그에 대한 소개가 나왔다. 그가 최근 백두대간 영어 가이드북을 출간했다는 사실도 알게 되었다. 나는 참 고맙고 대단한 사람이구나, 하는 정도로 생각했다.

그리고는 까마득히 잊고 지냈는데, 2012년 겨울인가, 산림청에서 주관한 이화령 복원 완공식장에서 그를 다시 만났다. 이화령은 일제가 한반도에 신작로를 낸다는 명분으로 백두대간을 끊어 도로를 개설했던 곳인데, 산림청에서 이 고개에 터널을 조성한 뒤 그 위를 흙으로 다지고 나무를 심어 백두대간을 다시 되살려낸 것이었다. 그 준공식에 나와 셰퍼드 씨가 초대를 받았던 것이다.

알고보니 셰퍼드 씨는 이미 북쪽 백두대간 몇몇 봉우리를 다녀온 터였다. 그리고 이번 이화령 행사장에는 그가 북쪽에서 찍어온 사진도 전시하고 있었다. 내가 지리산에서 아무 일도 하지 않는 동안 그는 벌써 북녘의 백두대간을 두 번이나 다녀왔다는 것이었다. 게다가 그 사이에 아예 삶터를 한국으로 옮겼다고 했다. 그야말로 한국에, 아니 백두대간에 푹 빠진 사람이었다.

그는 이미 2000년에 한국에 들어와 대구에서 영어강사를 1년 했다고 한다. 타고난 떠돌이 기질이 있었을까? 외국 여기저기 다니며 다양한 일을 하다가 본국에서 외교원 경호 일을 했

로저 씨는 2011년 5월 평양에서 당국자들과 논의를 한 후 그해 10월 한 달 간 북녘 백두대간을 현지 가이드와 함께 올랐다. 그 산행으로 그는 통일된 한국에 대한 염원을 처음으로 가졌다고 한다. 한 달 동안 그들과 함께 먹고 자고 산을 오르며 우정이 싹텄고, 자연스럽게 "남한도 북한도 아닌 그저 코리아가 있다"는 깨달음을 가졌다고 한다.

다. 그러다 2006년 한국의 국립공원을 걸어볼 생각으로 들어왔는데, 우연한 기회에 백두대간을 알게 되었고 친구와 즉시 백두대간 종주를 시작했다. 하지만 장마를 만나 매일 비에 젖어야 했다. 그래서 그 당시 중단하고 이듬해인 2007년에 다시 들어와 종주를 마무리하고 백두대간 영어 가이드북을 출판했다고 한다. 그리고는 2009년에 장기휴가를 내고 다시 들어와 낙남정맥과 호남정맥을 걸었고, 이후 백두대간 상에서 나와 마주쳤던 것 같았다. 그리고는 2010년에 다니던 직장을 그만두고 아예 한국으로 이주를 해서 사진작가로, 그리고 산악 가이드로 직업을 바꿨다.

백두대간을 해본 사람이면 누구나 그렇듯이 그 또한 향로봉에서 그런 생각을 했을 것이다. 여기까지 걸어온 것처럼 저 북쪽 위로 뻗어나간 능선을 계속 걷고 싶다는 생각 말이다. 그리고 아이러니하게도 한국인은 불가능하고 외국인이어서 가능한, 북녘 백두대간 산행을 마음먹었다.

그렇게 여러 루트를 통해 북쪽으로 갈 궁리를 하다가 조선뉴질랜드 친선협회를 알게 되었고 그들의 주선으로 2011년 5월 평양에서 당국자들과 논의를 한 후 그 해 10월에 다시 가서 한 달 간 백두대간 몇몇 봉우리를 현지 가이드와 함께 오를 수 있었다고 한다.

그 산행으로 그는 통일된 한국에 대한 염원을 처음으로 가졌다고 한다. 한 달 동안 그들과 함께 먹고 자고 산을 오르며 우정이 싹텄고, 자연스럽게 "남한도 북한도 아닌 그저 코리아가 있다"는 깨달음을 가졌다고 한다.

그 이후로 그는 우리나라의 모든 것에 대한 공부를 했던 것 같다. 지리, 역사, 문화, 음식, 날씨, 각 지역의 특색, 신화까지. 그리고 2012년에 다시 북으로 들어가서 6주 동안 더 많은 백두대간 봉우리를 오를 수 있었고, 북한의 아름다운 속살과 순박한 사람들을 만나며 감명을 받았다고 한다. 그 산행 이후 한국의 분단에 대해 더 깊이 공부를 했고, 백두대간을 통일의 상징으로 이용하기로 결심했다고 한다.

2017년에 북쪽 백두대간의 더 많은 산을 올랐다. 그때 그는 세상에 이만한 미개척의 아름다운 곳이 있다는 데 대해 깊이 감동했다고 한다.

2018년과 2019년에는 소수의 외국인들을 상대로 배두고원을 가이드 했다. 그리고 『북한의 백두대간 : 산과 마을과 사람들』이라는 책을 펴냈다. 처음에는 이 책에서 남과 북의 백두대간 둘 다를 다루고 싶었지만, 지면의 한계도 있는데다 남한의 백두대간 자료집이나 사진집은 이미 많아서 북쪽의 백두대간과 사람을 더 많은 남한 사람들에게 보여주고 싶은 마음에 북쪽만 다뤘다고 한다.

나는 그의 책을 보며 놀랐다. 우리나라에 대해서 모르는 게 없어 보였다. 어떤 부분은 전문가만 알 수 있는 것까지 세세하게 알고 있었다.

그는 이제 기회 있을 때마다 "평화통일", "백두에서 한라까지"를 구호처럼 외치고 다닌다. 그리고 그는 이렇게 아름답고 이렇게 멋진 백두대간이 국제 트레일로 되지 못한 것을 너무나 아쉽게 생각하고 있다. 다른 나라 같았으면 이미 오래 전에 국제 트레일로 만들어서 외국인에게 개방했을 거라며 안타까움을 토로한다.

최근 그와 내가 주축이 되어서 백두대간 관련 일을 좀 하고 있다. 앞에서 말한 백두대간 관련 사단법인 설립이 그것이다. 특히 그는 북쪽으로 갈 수 있는 우리 중 유일한 사람이니 더 많은 역할을 하게 될 것이다. 그는 이 일에 우리보다 오히려 더 열성적이고 더 필요성을 느끼고 있다. 얼마나 고마운지 모른다.

얼마 전 소백산 눈 산행을 함께 갔는데, 그의 검소함에 놀랐다. 연화봉 산장에 물이 얼어서 식수를 사야 했는데, 그는 한사코 마시는 물만 사고 조리하는 물은 눈을 녹이자고 했다. 그리고 실제 그렇게 했다. 나보다 더 하다.

또 한 가지 놀란 건 주변의 산뿐만 아니라 멀리 있는 산까지 다 꿰고 있다는 사실이었다. 나도 많이 알고 있다고 자부하는 편인데, 그에 비하면 어림도 없었다. 나는 백두대간의 산들만 비교적 잘 알고 있는데, 그는 백두대간뿐만 아니라 우리나라의 거의 모든 산을 머릿속에 넣어놓고 있었다. 산뿐만 아니라 도시나 산 밑의 동네 지리 또는 맛집도 잘 알고 있었다.

어떻게 그렇게 잘 알 수 있느냐, 당신은 천재냐 물으면, 그는 그것은 자기의 일이고 자기가 해야 할 일이기 때문에 당연하다고 말한다. 탁월한 감각이었다. 그는 또 유머에 능하고 속어도 곧잘 써서 사람을 웃기는 재주까지 있는 사람이다 언젠가 한 강연장에서 그와 대담을 한 적이 있다.

애기를 하던 중에 내가, 로저 씨 당신이 아무리 우리나라를 잘 알고 이해를 한다 해도 우리 민족이 아닌데 어떻게 한국인의 내밀한 느낌을 속속들이 다 이해할 수 있겠냐고 비틀었다. 로저 씨는 다 아는 건 아니라고 겸손하게 대답했던 걸로 기억한다.

내 질문은 어쩌면 내가 못간 북쪽의 산들을 그가 다녀온 것에 대해 배가 아파서 나온 질문인지도 모른다. 지금 생각해보면 참 속좁은 질문이었다. 그는 어쩌면 우리보다 더 한민족 같은 삶을 살고 있기 때문이다.

언젠가, 그때 했던 말을 취소해야겠다고 마음먹고 있다.

2.

산에서 보고 듣는 일

산이 주는 신호

매일 다니는 길인데도 매일 같지가 않다.

늘 가는 길이라 무심하게 지나는 것이 보통인데, 어느 순간 딱 걸음이 멈춰지거나 눈에 확 들어오는 것이 있다. 다른 날은 그냥 무심하게 지나쳤던 것도 그날따라 유난히 눈에 들어오는 것이 있는 것이다. 평소에는 그냥 그것이었던 것이 그날 나와 '시절인연'이 맞아서 뭔가 의미가 생긴 것이다. 어린왕자가 여우와 '의미'를 만들어서 서로 통했듯이, 그 대상과 나와의 새 의미가 생기는 것이다.

오늘은 매일 보며 그냥 지나쳤던 바위 밑에 나무뿌리 하나가 내게 하나의 의미로 다가왔다. 어떤 짐승의 형상으로 보인 것이다. 다른 날에는 그냥 뿌리였는데 오늘에서야 그렇게 보이다니 이상한 일이다. 한동안 나의 관심이 그곳에 갈 것이다. 내일부터 나는 그 나무뿌리에 눈길을 줄 것이며, 말을 걸 것이다. 그리고 그는 나를 기다릴 것이다.

　나는 산에서 뭐든지 유난히 잘 본다. 오랫동안 혼자 다녀서 그럴 것이다. 혼자 다니는 산에서는 나의 모든 감각이 예민해진다. 소리, 냄새, 형상 등이 다 그렇다. 무엇이든 내가 먼저 발견을 해야 조치를 취할 수 있겠기에 그런 재주(?)가 생긴 듯하다. 먼 곳에 있는 뭔가도 알아보고, 아주 작은 것도 알아보는 재주가 있는 것 같다. 소리에서도 어떤 느낌을 받는다. 작고 큰 소리들을 나의 청각은 인식한다.

　대부분 사람들이 그러겠지만 나는 산에서 걸을 때 부득이한 경우가 아니면 나무뿌리를 밟지 않는다. 나무도 생명이다. 왜 아픔을 못 느끼겠는가? 어쩌다 등산로가 생겨나고 사람들이 오가고 땅은 파이고 뿌리가 드러나고 해도, 나무는 그 자리를 떠날 수 없어 고스란히 당해야만 한다. 사람에게 밟히고 스틱에

나는 가끔 내가 19세기 이전에 태어나지 못한 것을 아쉬워한다. 지금의 나는 그 시대에 어울리는 것이 아닌가 생각해보는 것이다. 자연이 주는 것만으로도 나는 살 수 있을 것 같다. 자연에서 나오는 풀과 더불어 자연에서 놀고 자연과 어울리며 나는 살 수 있겠다.

찍히면 나무뿌리는 아프다 못해 옹이가 생긴다. 세월이 지나며 옹이는 반들반들 윤이 날 지경인데, 인간 누군가에게는 그것이 필요한, 또는 쓸 만한 물건으로 보인 걸까? 어느날 등산로에 반들반들 윤이 나는 소나무 뿌리가 잘려나간 것이다. 그것도 여러 개가. 얼마나 예리한 톱으로 잘랐는지 엄청 단단했을 나무뿌리가 싹둑 잘린 느낌이다. 누구는 나무가 아플까봐 밟지도 못하는데, 무엇엔가 소용된다고 몰래 잘라가는 인간도 있구나. 내가 매일 행여 밟을까봐 조심하며 넘었던 나무뿌리가 그렇게 베어져 없어지니 애통했나. 누구 짓인지 내층은 감이 잡히는데 물증이 없다.

하루는 산 후배들이 온다는 날이었다. 그날도 다른 날처럼 산을 올랐다가 내려오는데 느낌이 살짝 이상했다. 길 옆의 산밤나무에서 무슨 신호를 보내는 느낌이었다. 내려갔던 몇 발자국을 다시 돌려 밤나무로 와보니 표고버섯이 여러 개 달려 있었다. 매일 그 옆을 지나다녔는데, 다른 날에는 왜 보이지 않았을까? 왜 그날 내게 보였을까? 버섯이 하루 만에 생겨나고 자라지는 않았을 텐데. 아마 귀한 손님이 온다는 걸 산이, 나무가 알고 있었나 보다. 그래서 그날 내게 신호를 보냈나 보다. 귀한 버섯 따가지고 가서 귀한 사람 대접하라고. 나는 감사해하며 버섯을 따다가 된장찌개를 끓여서 후배들과 맛있게 먹었다. 야생 버섯과 만난 내 된장찌개의 맛은 참 좋았다.

나는 항상 그렇게 자연과 교감하며 살고 싶었다. 자연이 내는 소리를 듣고, 자연이 주는 것을 먹고 그러고 싶었다.

산행을 하다가 가끔 확인할 것이 있어서 그곳에 가서 확인해야지 하다가도 깜빡 잊고 그곳을 지나치기가 일쑤다. 그럴 때 숲이 내게 신호를 보내는 느낌이 살짝 들 때가 있다. 나뭇가지가 살짝 움직인달지, 작은 짐승이나 곤충이나 새가 숲에서 바스락 소리로 신호를 보내는 것이다. 그러면 나는 얼른 알아차리고 그곳에 가서 확인을 한다.

물론 그때 그것이 우연한 움직임일 수도 있다. 그러나 내 느낌으로는 그것이 어떤 신호라는 생각이 든다. 그러면 나는 기분이 아주 좋다. 궁금했던 것을 확인도 했지만, 산이 내게 보내준 신호에 감동하고 감사해 하는 것이다.

오늘은 너구리 한 마리를 봤는데, 정말 너구리인지 확신이 서지 않아서 산의 안내판에서 확인할 생각이었다. 그런데 그 사이 잊어버리고 그 안내판을 지나 몇 걸음 내려오는데, 숲이 들릴 듯 말 듯하게 바스락 하고 신호를 보내주었다. 그 순간 나는 알아차리고 발을 돌려서 확인을 하며 "감사합니다" 하고 손을 모았다.

설령 그것이 나의 의도와 전혀 무관하다 할지라도 나는 그 순간 알아차렸고, 그러면 되는 거다. 무엇이 더 필요하겠는가. 나는 나의 느낌을 손중한다. 고맙고도 행복한 순간이다.

나는 평소에도 인디언이나 티벳티언 같다는 말을 자주 듣는다. 그럴 만하다. 그들이 그랬듯이 나 또한 자연에서 거의 야생의 삶을 살고자 하고, 자연과 좀더 비슷해지고자 하는 삶을 살고 있으니 말이다. 물론 나는 절대 그들의 삶을 따라갈 수는 없지만, 비슷한 부분이 없지는 않다고 느낀다. 나도 그 시기에, 또는 그 곳에 태어났다면 그 삶을 행복하게 만끽했을 것 같다. 나는 자본주의 사회에서는 퇴출되어야 마땅할 삶을 살고 있으니, 그 시대 그 곳에서 태어났다면 얼마나 잘 살 것인가?

나는 가끔 내가 19세기 이전에 태어나지 못한 걸 아쉬워한다.

지금의 나는 그 시대에 어울리는 것이 아닌가 생각해보는 것이다. 자연이 주는 것만으로도 나는 살 수 있을 것 같다. 자연에서 나오는 풀과 더불어 자연에서 놀고 자연과 어울리며 나는 살수 있겠다. 가능하면 몸에 걸치는 것 없이 홀가분하게, 별 말도 필요 없이, 그냥 우우 아아 본능적인 소통만 하며 살 수 있겠다. 그랬으면 좋겠다. 내가 딱 바라는 삶이다. 그런 세상 어디 없나?

그럼에도 불구하고 나는 좋은 등산복 보면 입고 싶고, 좋은 산악장비 보면 사용해보고 싶다. 그게 나인 것이다. 다른 물건은 전혀 관심이 없는데, 오직 산행용품에는 아직 욕심이 있는 것이다. 지금 가지고 있는 것도 넘쳐나고, 그것으로 충분히 좋은데도 말이다. 얼마나 살아야, 얼마나 비워야 이 욕심조차 사라질까? 아직도 까마득하다.

수상한 일들

자연에서 살다보니 주변의 모든 것에 관심이 간다. 특히 자연과 관계가 있거나 생태에 관계 되는 것이 더욱 그렇다. 나뿐 아니라 많은 사람들이 그렇다고 본다.

우리집은 옛날에 지어진 농가로, 내가 들어오면서 거의 손을 보지 않고 원형을 최대한 살려둔 관계로 많은 생명들이 수시로 들고 난다. 이사 온 첫해에는 잘 몰라서 뭇 생명에게 실수를 하기도 했지만, 우리집이 비교적 안전한 곳으로 인식이 되는지 여전히 식구가 많다.

딱새는 매년 마루 선반이나 화장실 선반을 자신의 집터로 안다. 그곳에 집을 짓고 알 낳고 새끼 키워서 나가는 게, 이제는 일 상처럼 느껴진다.

매년 찾아오는 무리 중에는 딱새 말고도 말벌도 있다. 어떤 때는 헛간에, 어떤 때는 대문간에, 또 어떤 때는 화장실 입구에, 마루 서까래 등등, 나를 전혀 아랑곳 하지 않고 저희들 내키는 곳에 마음대로 집을 짓는다. 물론 무조건 내키는 대로는 아니 겠으나, 딱새처럼 조심성이라고는 없어 보인다. 아마 나름 힘이 있다는, 그래서 별로 겁날 것이 없다는 뜻으로 보이는데, 아무 튼 나로서는 많이 성가시다. 특히나 나는 벌 알레르기가 있어서 벌에 쏘이면 위험하기 때문에 가능하면 벌과는 친하고 싶지가 않다.

처음 이사를 온 해에는 잘 몰랐는데, 잘 보니 헛간에 엄청 큰 벌집이 있었다. 벌집의 작은 구멍으로 말벌들이 웅웅거리며 들 락날락하는 폼이 여간 위협적인 게 아니었다. 그들을 내몰 방법 을 알지 못한 나는 헛간에 갈 일을 가능하면 미루고 미루다 어 쩔 수 없을 때, 하는 수 없이, 그들의 심기를 건드리지 않도록 조심조심, 그러나 후딱, 다녀오고는 했다.

벌의 아이큐가 대략 2쯤 되어서 집주인이나 주변 사물을 알아본다는 얘기를 어디선가 들은 기억이 났다. 그나마 그 말이 좀 위안이 되었을 것이다. '집주인'인 나를 공격하지는 않겠지, 하는.

그러다 알게 된 것이 119였다. 119에 신고하면 벌집을 해결해 준다는 거였다. 말벌이 무서운 나는 벌이 집을 지으면 짓는 대로 119에 연락을 했고, 대원들은 한여름에도 완전무장을 하고 와서는 구슬땀을 흘리며 해결해주었다. 일년에 적게는 세 번, 많게는 다섯 번까지 말벌은 포기하지 않고 완성되지 못할 집을 짓고는 했다.

그러다 아마 3년 전부터일 것이다. 당시는 잘 몰랐는데, 어느 날 생각해보니 말벌 때문에 119를 안 부른 지가 몇 년이 된 거였다. 그랬다. 말벌은 더이상 우리집에 집을 짓지 않는다. 우리집이 이제 안전하지 못하다는 걸 알고 떠난 걸까? 아니면 환경 탓인가? 벌이 지구상에서 점점 줄고 있다는 이야기는 들었다. 벌이 사라지면 인간도 몇 년 못 버틴다는 말도 누군가에게서 들은 것 같다.

전엔 벌이 집을 짓는 걸 걱정했는데, 이제 벌이 집을 짓지 않는 걸 걱정하게 된 건가? 그런 면도 있다. 벌이 이 세상에서 사라지면 식물들은 어떻게 수정을 하고 열매를 맺을 것인가? 식물의 열매가 없는 세상을 인간은 어찌 살 것인가? 세상의 모든 것이 그렇게 연결이 되어 있겠기에 걱정을 해보는 것이다.

내가 불편하다고 벌에게 너무 무차별의 폭력을 행사한 내 몫의 탓도 있겠구나. 이 세상에 필요 없는 건 하나도 없다고 했는데.

올해 늦가을에 이상한 일이 생겼다. 분명히 말벌인데 벌집이 없다. 집도 없이 맨 몸으로 마루 기둥에 수백 마리 붙어서 꼼짝을 하지 않는다. 하긴 집을 짓기에는 너무 늦었다. 조금 있으면 겨울인 것이다. 가만있자. 벌도 겨울잠을 자나? 잘 모르겠다. 겨울에는 벌이 보이지 않으니 겨울잠을 자나보다. 어쨌든 그놈들은 정상은 아닌 것 같다.

처음 발견하고는 깜짝 놀라서 어쩔 줄 몰랐는데, 시간이 지나며 마음이 쓰이기 시작했다. 모르긴 해도 여왕벌이 없는 것 같았다. 여왕벌이 죽었거나 어디로 사라져버려서 남은 벌들이 아무것도 못하고 그냥 있는 것 같았다.

벌의 세계를 잘 모르지만 아마 모든 행동은 철저히 여왕벌의 명령에 따라서 이루어지는 것이 아닐까? 그런 여왕벌이 없으니 무엇을 해야 할지 모르는 건 아닐까?

이놈들은 먹이를 구하러 가지도 않는다. 낮에 따뜻할 때 잠시 그 주변을 움직이는 몇 놈 이외에는 그냥 가만히 기둥에 붙어 있을 뿐이다. 대체 무엇을 먹으며 버티는지 알 수가 없다. 그냥 굶는 건가? 그렇다면 그들의 행동은 가만히 죽음을 기다리는 무리로 볼 수밖에 없었다. 아닌 게 아니라, 날이 지나면서 그 수가 줄어들고 있었다.

점점 더 신경이 쓰이고 궁금해서 아침에 일어나면 그 녀석들부터 쳐다보는 게 일상이 되었다. 수가 많았을 때는 잘 몰랐는데, 한 달쯤 지나니 그 수가 반 정도로 줄어 있었다. 그래서 나는 의심을 하기 시작했다. 자기들끼리 잡아먹는 것 같다. 한 달 이상을 먹지 않고 어떻게 버티겠는가? 그리고 수가 줄어가는 이유가 무엇이겠는가? 이제는 그 녀석들이 별로 두렵지 않았다. 하루는 작정을 하고 올려다보기로 했다. 정말 자기들끼리 잡아먹는지 봐야 할 것 같았다.

결국 보지는 못했다. 작은 움직임들이 있기는 하나 무슨 행동인지는 알 수 없었다. 날씨는 점점 더 쌀쌀해지고 벌의 숫자는 점점 더 줄어가고 있었다. 결국 녀석들이 기둥에 붙어지낸 지 두 달여 만에 무리는 다섯 마리로 줄었다. 그리고 며칠 출타하고 돌아와보니 한 마리도 남아 있지 않았다. 이상하다. 그래, 저들끼리 잡아먹었다 치자. 그럼 마지막 한 놈은? 마지막 만찬을 먹은 놈은 살아 있어야 하지 않은가?

모르겠다. 내 집 마루기둥은 다시 그냥 빈 기둥으로 돌아왔다. 언제 벌들이 붙어 있던 적이 있느냐는 듯.

늦가을 나뭇잎이 떨어지고 나면 그동안 볼 수 없었던 것을 보게 된다. 큰 나무 높은 가지에 달처럼 둥실 떠 있는 말 벌집이 그것이다. 내가 매일 그 나무 아래를 지나 산을 오르내렸는데, 잎이 많을 때는 벌집이 있는 줄 몰랐다. 벌집이라는 걸 알고 나니 무섭기는 하지만, 이제는 그들이 활동을 하지 않을 시기라 조금 안심하고 쳐다본다.

늦가을 낙엽이 떨어지고 난 후 말벌 집을 찾아보느라 고개를 한껏 젖히고 주변을 두리번거린다. 불일폭포에서 내 집까지 약 4킬로미터 정도 되는데, 보통 말벌 집이 많게는 다섯 개, 적어도 두 개는 보였었다. 그러나 올해는 딱 하나 발견했다. 아무리 고개를 젖히고 눈을 더 멀리까지 두리번거려도 더는 없었다. 내 집뿐만 아니라 산에도 벌이 줄어가는 것을 알 수 있었다. 사라지거나 숫자가 줄어드는 게 우리집에 오는 말벌뿐이 아니었던 것이다.

산길에서 흔히 만나곤 했던 날다람쥐를 못 본 지도 벌써 오래 되었다. 자주 보이던 담비도 가물에 콩 나듯이 어쩌다 만날 뿐이다.

해가 갈수록 줄어드는 건 딱따구리도 마찬가지다. 딱따구리는 주로 겨울 산에서 자주 만나는데, 종류도 다양하고 모양도 여럿인 딱따구리들은 죽은 나무를 쪼아 겨울잠 자는 벌레를 잡아먹느라 딱딱딱딱 소리를 내는데, 점점 그 소리가 안 들린다. 어떤 놈은 까만 몸에 부리와 다리만 빨간색이라, 그 품위 있는 아름다움에 반해서 한참을 쳐다보기도 했는데, 그런 딱따구리가 안 보이는 것이다.

나는 안다. 매일매일 그 길을 올라다니기 때문에 작은 변화도 파악할 수 있다. 딱따구리들이 단체로 다른 산으로 이사를 갔을 리는 없고, 틀림없이 무슨 일이 생긴 것이다. 이 세상이 살 곳이 못 된다고 판단한 것이 아니기를 바랄 뿐이다.

또 있다. 무당개구리가 많이 보이지 않는다. 비 오는 날이면 지천에 널려 있었다. 찻길에 나왔다가 깔려 죽은 녀석들만 해도 무수히 많았다. 그런데 올해는 비 오는 날에도 잘 나타나지 않는다. 아주 가끔 한 마리씩 보일 뿐이다.

이상하다.

내가 사는 주변에만 그럴 리가 없다. 내 집 우물 주변에 항상 있던 놈들도 보이지 않는다. 나 말고도 이런 변화를 느낀 사람들이 있을 것이다.

대신 못 보던 것이 새삼 발견되기도 하는데, 올해는 산에 쥐가 많이 살고 있다. 다른 해에는 볼 수 없던 종류다. 주로 꼬리가 없는 쥐는 새앙쥐보다는 조금 크고, 그냥 쥐보다는 작다. 작은 기척이라도 있으면 바위틈으로 재빨리 숨어버린다. 올해 여럿 봤다.

그리고 올해 처음 본 것으로 기억되는 거미는 연둣빛에 회색 줄무늬의 아랫배가 불룩한 놈들이다. 이 녀석들은 다른 거미와 달리 줄을 무질서하게 아무데나 함부로 쳐대곤 한다. 그래서 올 가을 우리집 주변은 혼란스럽고 어수선한 느낌이었다. 식성이 왕성해서인지 벌레가 걸리지 않아서인지, 집 주변에 온통 무질서한 거미줄투성이였다.

　이상하다.

　내가 너무 민감한가? 아닐 것이다. 뭔가 자연이, 환경이 수상하나.

봄 마중

나이를 먹을수록 겨울이 길게 느껴진다. 몸이 움츠려드는 것이 싫은 것이다. 주변의 삭막함도 마음을 춥게 만드는 것 같다.

내가 사는 지리산 화개는 겨울에도 비교적 따뜻해서 눈이 내려도 금방 녹아버린다. 많은 풀들이 땅바닥에 바싹 붙은 채 얼지 않고 겨울을 난다. 그래도 겨울은 겨울이라, 추운 건 어쩔 수 없다.

결국은 봄은 오고야 말겠지만 성질이 급한 나는 입춘만 지나면 봄이 어디쯤 왔나, 누가 먼저 봄을 배달하나, 하면서 주위를 유심히 살핀다. 그런데 나보다 더 성질 급한 것들이 제법 있는 것을 보고는 와락 반갑다.

누구보다 일찍 봄을 알려주는 식물이 개불알꽃이다. 이름은 좀 뭣하지만, 꽃 자체는 아주 앙증맞고 귀여운 녀석이다. 자주색으로 무리지어 방긋방긋 웃는다. 물론 새벽에는 추워서 바들바들 떨고 있기도 하고 어떤 때는 그만 얼어버리기도 하지만, 햇살의 기운만 받으면 금방 생기를 찾는다. 그 기상이 놀랍다.

곧이어 냉이나 꽃다지, 민들레 등이 뒤질세라 땅에 붙어서라도 꽃대를 올리기 시작한다. 달래, 씀바귀들도 꿋꿋이 추위를 참으며 나처럼 봄을 기다리고 있는 듯 보인다. 아마 추위에 얼어 죽지 않는 그들만의 전략이 있을 것이다.

물을 필요로 하는 초록색은 다 내보내고―물기가 있으면 얼어버리니까―그냥 약간 붉은색이나 흙색으로 가능하면 땅에 딱 붙어서 차렷 자세로 추운 날들을 견딘다. 그러다 문득 날이 풀리기 시작하면 꿋꿋했던 자세를 풀고 몸을 조심스럽게 키우는 것이다. 겉보기에는 작고 연약해 보여도 그 뿌리는 더 깊은 땅속으로 뻗어 있다. 그래야 표토가 얼어도 뿌리를 보존할 수 있기 때문이다. 그들의 전략이 놀랍다.

매화가 언제쯤 필지를 나름 계산하고 있다가, 오늘이 그날이다 싶은 날 발품을 팔아 올라 가보면 아뿔싸, 나무는 간데없고 등걸만 남아 있다. 혹시 잘못 찾아왔나 싶어 주변을 둘 러보아도, 작년에 고운 꽃을 일찍도 피웠던 그 매화나무 있던 자리가 맞다. 그런 날은 이 만저만 실망이 아니다.

풀들만이 아니라 성질 급한 나무도 당연히 있다.

내가 이곳에 와서 한 일 중 재미있는 것 하나가, 나 사는 주변에 무슨 나무가 꽃을 빨리 피우는지 알아내는 것이었다. 물론 몇 년 걸리기는 했다. 그러나 결국 내가 알 수 있는 만큼은 알아냈다. 그 결과, 봄에 꽃을 일찍 피우는 녀석은 역시 매화나무였다.

그런데 그 매화나무들이 베어지는 경우를 많이 본다. 역시 자본주의 사회에서는 돈이 안 되면 쓸모가 없어지는 게 현실이다. 꽃이 아무리 빨리 피고 그 꽃이 아무리 예뻐도, 열매가 아무리 탐스러워도, 돈이 안 되면 목숨을 부지하기 어렵다. 요즘은 매실 가격이 예전만 못한지라, 매화나무가 많이 잘려나간다.

매화가 언제쯤 필지를 나름 계산하고 있다가, 오늘이 그날이다 싶은 날 발품을 팔아 올라가보면 아뿔싸, 나무는 간데없고 등걸만 남아 있다. 혹시 잘못 찾아왔나 싶어 주변을 둘러보아도, 작년에 고운 꽃을 일찍도 피웠던 그 매화나무가 있던 자리가 맞다. 그런 날은 이만저만 실망이 아니다. 이제 꽃은 고사하고라도 나무마저 다시는 만날 수 없음을 생각하며 내려오는 길은 꽃마중 갈 때의 기분과 완전 반대가 될 수밖에 없다.

어떤 때는 1월도 아니고 11월에 꽃을 피운 나무가 있어서 나를 안타깝게 했다. 아무리 성질이 급해도 유분수지, 아직 추위는 시작도 하지 않았는데 꽃을 피워버리면 어쩌라는 것인지. 아무것도 해줄 수 없는 나는 그저 안타까울 따름이었다. 매일 아침마다 그 옆을 지나 산으로 가야 하는데 그저 올려다볼 뿐이었다. 그저 올려다보며 불안하고 불편했다. 자연은 내가 관여할 수 있는 그 어떤 것도 없음을 모르는 바 아니나, 측은지심을 가진 인간으로서 내 몫이 그것만큼이라 생각한다.

그럴지라도 그 나무는 여전히 살아 있고, 요즘도 그해 가장 일찍 피는 기회를 놓치지 않는다. 아직도 추울 때 피는 탓에 꽃이 생기 넘치지는 않지만, 그래도 어딘가. 추운 시절의 꽃이라 귀한 대접을 받는다.

꽃을 피운다는 건 피워낼 만하니까 피우는 것이다. 성질 급한 인간을 위해서 피우는 게 아니다. 그러니 그냥 반가워하고 감탄하고 주변에 매화꽃이 피었다고 자랑하는 것이 나의 몫이다. 매화꽃이 피었다고, 첫 매화가 터졌다고 온종일 자랑하고 다닌다. 누가 보면 내가 꽃을 피우고 자랑하는 줄 알 것이다. 난리도 아니다.

세상에 좋기만 한 것은 과연 없듯이, 그 나무는 다른 나무에 비해서 꽃을 빨리 피우는 관계로 수난이 많을 수밖에 없었다. 사람의 손을 타는 것이다. 어떤 사람은 자기만 보겠다고, 자기만 가지겠다고, 길 가다가 우연히 발견한 이른 꽃이라고, 함부로 꺾어가는 것이다. 일부러 와서 꺾어가기도 하는 모양이다. 그래서 사람의 손이 닿는 곳의 가지는 거의 모두 꺾이고 없다.

그 나무는 임자가 따로 없는 탓에 너도나도 욕심을 부리는 대상이 되었다. 불행인지 나행인지, 이제는 사람 손 닿을 만한 가지가 없으니 더는 수난이 없다. 별 다행도 다 있다.

이렇게 땅과 풀과 나무가 추운 겨울에도 쉬지 않고 준비를 하는 사이에, 기어이 봄은 오고야 만다.

새들도 신새벽부터 온갖 청량한 소리를 내며 분주히 날아다닌다. 그 중 까치는 표가 나게 집을 짓기 시작한다. 인가 주변의 나뭇가지를 부리로 뚝 소리가 나게 부러뜨려 나르곤 하는데, 나뭇가지가 너무 무거운지 몸이 자꾸만 아래로 내려오는 경우를 본다. 저러다 떨어지면 어째, 보는 나는 애가 탄다. 하지만 기어

코 까치는 안간힘을 다해 날개를 저어서 겨우 목적지에 도착하고 한다.

얼마나 힘들까? 그래서 가능하면 가벼운 나무를 선택하는데, 주로 감나무가 그 대상인 듯하다. 감나무 가지는 가볍고 잘 부러지기까지 하니 까치에게는 좋은 건축자재가 되어준다. 그래서 그런가, 우리집 감나무 가지는 까치집의 기둥이 되어 있다. 게다가 우물 위 바위에서 자라는 이끼도 그들의 집안을 포근하게 장식할 것이다.

이제 모든 생명들이 생기를 되찾고, 각자 바쁘다. 나무는 나무대로, 풀은 풀대로, 새는 새대로. 그리고 사람도 사람대로 각자 바쁜 것이다. 봄이 온 것이다.

나무의 상처

멀고 가까운 산에 올라다니다 보면 잘 생긴 우리 토종 소나무인 황장목을 만나게 된다. 참 늠름하게 잘 생겼다며 감탄을 하다 보면, 한쪽 옆구리에 크고도 깊은 상처를 발견하고 놀라는 적이 있다.

그냥 상처라고 하기에는 너무 큰, 나무의 일부분이 떨어져 나갔다고 해도 과언이 아닌 깊은 상흔들이다. 분명히 인간이 저지른 행동이 분명한데, 뭘까?

아는 사람은 이미 알겠지만 그것은 소나무의 송진을 채취하기 위해서 낸 것이라고 한다. 송진을 무엇에 쓰려고 그런 짓을 했을까? 알아본 바에 의하면 일제의 만행이란다. 일제 말기 태평양 전쟁 중에 자살 특공대가 비행기 항공유로 사용했다는 것이다. 마을 사람들을 동원해서 송진을 채취하게 했고, 각자 할당량을 정해두고는 그것을 달성하지 못할 때에는 엄청난 불이익을 주었다는 것이다.

당시를 기억하고 있는 어르신 말로는 이곳 화개에도 질 좋기로 소문난 황장목이 많았다고 했다. 쌍계사 위로 아름드리 붉은 소나무들로 산이 꽉 찼었다는 것이다. 그러니 이곳도 당연히 일제의 눈을 벗어날 수는 없었을 것이고, 힘없는 동네 사람들은 강제 동원이 되었을 것이다.

어르신의 기억으로 쌍계사 아랫동네 평지에 큰 솥이 열 개나 걸렸다고 한다. 그 솥에서 밤낮으로 송진 끓이는 작업이 계속되었다고 한다. 그러려면 얼마나 많은 송진이 필요했을 것인가? 얼마나 많은 소나무의 몸을 뚫어야 그만한 송진이 나왔겠는가? 소름 돋는 일이다.

말을 못 한다고, 움직이지 못 한다고, 살아 있는 생명에게 과연 할 수 있는 행동인가? 도대체 일제의 만행의 끝은 어디일까?

70년이 지나고 어쩌면 80, 90년이 지난 지금도 그 끔찍한 자국은 그대로 남아 있다. 어떤 나무는 아픔을 못 견딘 듯 상처가 난 방향으로 휘어져 있고, 어떤 나무는 뒤틀려 죽어버렸다. 그럴지라도 남아 있는 대부분의 나무는 꼿꼿이 자신의 자존을 지키고 있다.

송진을 채취하려면 아마도 나무껍질을 벗기고 브이(V)자로 깊은 상처를 내서는 그 홈으로 송진이 흘러나오도록 했던 것 같다. 소나무의 껍질이 얼마나 두꺼운가? 늘푸름을 유지하며 겨울을 나야 하니 껍질은 당연히 두꺼웠을 것인데, 그 두꺼운 껍질을 벗겨내고 나무의 맨살에나 끌로 홈을 팔 동안 말 못하는 나무는 얼마나 아팠을 것인가?

나무는 껍질이 벗겨지고 살이 파인 채로 겨울을 나고 봄을 만났을 것이다. 그러면서 가만 가만 자신을 달래며 상처를 치료했을 것이다. 얼마나 상처가 깊었는지는 지금도 알 수 있다. 상처 가장 자리로 켜켜이 자리 잡은 송진으로 알 수 있다. 송진을 빼앗기고도 자신의 몸을 치료하기 위해서 또 송진이 필요했을 것이다.

그 송진으로 상처는 아물었지만 그 상흔은 도저히 지울 수가 없어 그냥 상처와 함께 살고 있는 것이다. 그냥 달래고 보듬으며 함께 계절을 보내고 함께 나이를 먹는 것이다.

그렇게 긴 세월이 지났는데도 아직 낫지 못한 상처가 남아 있는지 어떤 나무는 아직도 송진을 내보내기도 한다. 영원히 치료할 수 없는 고질병이 되어버렸을 것이다.

산에 오르다가 그런 소나무를 만나면 마음이 아프다. 지금 내가 할 수 있는 것은 없다. 그냥 상처 부위를 가만가만 만져주며 위로하는 것밖에는.

또 있다.

참나무라고 하는 여러 종류의 나무 중에 도토리가 열리는 나무가 있다. 주로 동네 가까운 산이나 들판에서 자라는 나무는 사람에게 시달림을 받은 자국이 있다.

어느 날 동네 주변을 걷는데 주변의 참나무들이 같은 높이에 비슷한 상흔을 가진 게 보였다. 처음에는 뭔지 알 수가 없었다. 왜 이 주변 참나무들은 공격을 받았을까? 그것도 비슷한 높이로? 멧돼지나 곰이 진흙 목욕을 하고 나무에 몸을 문지른다는 얘기는 들었지만 이것은 그 녀석들의 짓이 아님이 분명하다. 주변이 동네와 너무 가깝고, 주변에 진흙도 없을뿐더러, 무엇보다 상처가 너무 깊다. 분명 사람의 짓인데, 왜 그랬을까?

그러다 문득 알게 되었다. 그 나무들의 공통점은 나무에 도토리가 열린다는 것. 사람들은 도토리가 필요했다. 배가 고프니까. 가능하면 빨리 많이 도토리를 모아야 하는데, 나무는 도토리를 한꺼번에 떨어뜨리지 않는다. 그러니 자연히 떨어진 것만 모으기에는 하세월이다. 기다리고 있을 수가 없다. 바쁘다.

도토리를 한꺼번에 떨어뜨리려면 어떻게 할까? 나무를 흔드는 것이다. 그런데 한 사람의 힘으로 나무는 움직이지 않는다. 단단하기로 소문난 참나무가 아닌가? 그렇다고 나무에 올라가기에는 곁가지도 없고 너무 높다.

아마 도토리를 주워서 양식으로 보탤 생각을 했다면 그는 거의 여성이거나 아이였을 것이다. 여성이나 아이는 올려다보니 나무에 열매는 많은데 흔들지도 못하고 올라가서 따올 수도 없다. 그렇다고 포기하기에는 아깝다. 주변을 둘러본다. 짱돌이 눈에 들어온다. 그 돌을 주워들고 나무를 때려본다. 나무가 흔들린다. 도토리가 조금 떨어진다. 더 큰 돌을 찾아서 더 세게 때린다. 더 많이 떨어진다.

방법을 알았다. 이제 가을이 되면 너도 나도 돌멩이를 들고 화난 사람처럼 나무를 때린다. 나무가 입을 상처는 아랑곳없다. 도토리 자루만 두둑하면 그만이다.

모두 배고프던 시절, 도토리를 모아 양식에 보탠 적이 있었다. 오죽하면 꿀밤이라는 별칭이 있었을까. 지금처럼 건강식이나 다이어트식으로 도토리를 먹은 게 아니고, 부족한 식량을 대신 채우기 먹었던 구황식이었던 것이다.

그러니 가을만 되면 참나무들은 고문을 받아야 했다. 상처가 아물기도 전에 또 그 자리를 맞고 또 맞아야 했다.

소나무는 송진으로 상처를 치료하는데, 참나무는 무엇으로 자기를 치료할까. 소나무처럼 송진 자국은 보이진 않는다. 아마 내가 모르는 다른 방법이 있을 것이다. 살아 있는 생명은 누구나 자가치료 기능이 있다고 하니, 참나무 또한 있을 것이다.

그러면서 그들은 자란다. 몸을 키우고 둥치를 늘린다. 어느 정도 자라면 웬만한 돌로 두드려도 몸이 움직이지 않게 된다. 그만한 폭행은 이겨낼 수 있는 힘이 생긴 것이다. 그러면 더는 공격을 받지 않고 살 수 있다. 아무리 두드려도 도토리가 안 떨어지는데 무엇 하러 힘을 빼겠는가?

사람의 목적은 나무를 때리는 데 있지 않고, 오직 도토리를 얻으려는 데 있을 뿐인 것이 얼마나 다행인가? 그러면 그때부터는 상처를 치료해서 굳은살처럼 만들어 보듬고 별일 아니라는 듯 늠름하게 사는 것이다. 더 넓은 품에서 더 많은 도토리를 만들어서는 서두르지 않고 하나씩 둘씩 내려보내며 인간을 내려다보는 것이다.

먹을 만큼 먹고 조금은 남겨라. 이 날강도들아!

산길에서 만나는 그 나무들, 나보다 한참 더 오래 살아왔을 그 나무들께 나는 오늘도 미안하다. 내가 할 수 있는 일이 없이서 더 미안하다. 과연 인간이 자연에게 해줄 수 있는 것은 무엇이란 말인가? 나약하고 나약하다.

야생 고양이

시골로 처음 이사를 왔을 때부터 줄곧 들어온 질문 중 하나가 왜 개를 키우지 않느냐는 거였다. 산골 외딴집, 더구나 '여자' 혼자 사는 집에는 당연히 개가 있어야 마땅하다는 거였다. 어떤 이는 족보 있는 진돗개라며 예고도 없이 불쑥 데리고 오기도 했다.

나는 털 달린 짐승을 좋아하지 않는다. 성가시고 번잡하다. 내 끼니도 해먹기 싫을 때가 있는데 그의 밥까지 챙겨주기는 싫다. 내가 밥을 챙겨주면 그에 상응하는 뭔가를 해주면 또 모른다. 가령 장작을 패준다든지, 불을 때준다든지, 그밖에 내가 좀 벅차 하는 일 말이다. 무엇보다 장기 산행이 잦은 관계로 집을 자주 비우는 게, 개를 키우지 않는 가장 큰 요인이다.

그리고 나는 개 없이도 충분히 잘 산다.

예전에 정선 자연학교 할 때 지인이 개 한 마리를 운동장에 묶어두고 갔다. 썩 잘 생긴 그 개는 진돗개라고 했다. 썩 영리해서 사람 구분을 잘하고 언제 짖어야 할지를 잘 아는 개였는데, 나는 영 관심이 가지가 않았다. 밥은 그럭저럭 챙겨줬지만, 하루 종일 한 사리에 묶여서 맴맴 도는 모습이 보기 싫었다. 누군가 가까이 가면 애정을 구하는 행동을 하는 것도 보기 싫었다. 그리고 그렇게 못 해주는 내게 자꾸 마음이 쓰였다.

애정 결핍에라도 걸렸는지 낑낑거리며 한 방향으로 계속 돌다가 끈이 짧아져서 거의 대롱대롱 매달려 있는 꼴을 봤을 때는 화가 머리끝까지 올라왔다. 한 방 날려주고는 끈을 풀어 남에게 딸려 보내버렸다. 나를 만나서 불행한 개와, 개에게 정도 못 주며 계속 신경만 쓰는 내가 보기 싫었던 거였다.

그렇게 나는 개를 좋아하지도 않지만 무서워하기까지 하다 보니, 아예 키울 생각이 없다. 앞으로도 그럴 것이다.

개는 거의 주인이 있지만 고양이는 야생으로 사는 녀석들이 많은 모양이다. 우리집 주변에도 늘 몇 마리가 배회한다.

고양이는 개만큼 싫지는 않다. 고양이는 개처럼 꼬리를 흔들며 애정을 구하지 않는다. 제법 도도한 편이다. 나와 마주치는 걸 꺼려하는지, 늘 일정한 거리를 둔다. 그리고 무엇보다 고양이가 있으면 쥐가 얼씬하지 않는다는 이치가 썩 마음에 든다.

시골농가는 대부분 여기저기 허술하고 빈틈도 많다. 그만큼 쥐들이 드나들 소지가 크다. 끔찍하다. 그럴 때 고양이라는 존재가 약이다.

그래서일 것이다. 허름한 시골농가인 우리집에 쥐로 인한 스트레스가 없는 건, 근처를 늘 배회하는 그 고양이 녀석 덕분일 것이다. 아주 고마운 일이다.

그 고양이와 나의 관계가 비교적 괜찮다고 할 만한 것이, 서로 적당히 무관심하다는 것이다. 그 점이 마음에 든다. 나는 사람과의 관계에서도 적당한 무관심을 좋아하는 편이다. 물론 사람에 따라 차이는 있겠지만, 잘 모르는 사람이 너무 관심을 보이면 부담스럽다. 그래서 나도 사람들에게 과도한 관심을 보이지 않고, 상대도 그러기를 바라는 것이다.

한 육년 전쯤이다. 어미고양이가 마루 밑에서 새끼를 낳은 모양이었다. 아기고양이 소리가 간간이 나곤 했는데, 좀 멀리 장기 산행을 하고 돌아와보니 어미는 보이지 않고 꼬리가 약간 휘어진 얼룩고양이 한 마리만 집 주변을 배회했다. 그 녀석은 새끼를 낳고 키우고 하면서 내 집을 떠나지 않고 줄곧 살았다.

그 동안 나는 먹이를 주지 않았다. 야생은 야생으로 살아야 한다는 게 내 생각이다. 야생동물한테 자꾸 먹이를 주면 야생성을 잃어버릴 것이기 때문에, 바람직한 일은 아니라고 보는 것이다. 게다가 나는 혼자 있을 때는 육식이나 비린 것도 잘 먹지 않고 음식 찌꺼기도 거의 내지 않으니, 고양이가 내게서 얻어먹을 건 거의 없다. 기껏해야 우리집에 유난히 자비심 많은 친구들이 와서 나 몰래 냉동실에서 멸치 같은 걸 꺼내주는 정도다.

예외는 새끼를 낳았을 때다. 그때는 조금 자비를 베푼다. 하지만 정작 새끼를 막 낳았을 때는 그 사실을 알기 어렵다. 새끼들 기척이 있어야 낳았나보다 하니까.

그럼에도 불구하고 이 고양이는 내 집을 떠나지 않았다. 먹이는 어디서 구해 먹는지 나는 알지 못했고, 알려고 하지도 않았다. 항상 적당히 거리를 두고 무심한 척, 주위를 돌아다닌다. 거의 매일 보기는 했다. 아마 우리집에 먹이는 부족하지만 안전은 하다고 판단한 게 아닌가 한다.

아주 가끔 지인들이 와서 집에서 고기라도 구워 먹으면 이 녀석이 자기 친구들을 잔뜩 데리고 와서 우리의 만찬이 끝나기를 기다린다. 그동안 친구들한테 신세를 졌으니 이날은 자기가 그 신세를 갚을 기회라고 여기는지도 모른다(나는 그들을 모르니까 그냥 나 편한 쪽으로 상상할 뿐이다).

이 녀석이 처음 새끼를 낳았을 때였다. 어딘가를 다녀왔는데 와보니 새끼가 한 마리 있었는데, 젖을 먹이는 방법을 모르는지 그냥 바위 위에 누워 있으면 새끼가 와서 젖을 빨고는 했다. 그 랬던 녀석이 세월이 흘렀다고 다음해부터는 제법 어미 구실을 하며 젖도 폼 잡고 잘 먹이고, 내가 가까이 가면 갸르릉 하며 새 끼를 보호하는 것이다. 어쭈! 제법인데 싶어 재미도 났다.

그렇게 여러 해를 서로 있는 듯 없는 듯 무심히 보냈다. 한 번에 네 마리 정도의 새끼를 낳아 키우는데, 새끼의 색깔은 다양했다. 어떤 때는 네 마리 모두 다른 색깔이었다. 완전히 하얀 것이 한 놈 정도 있고, 그 외에는 다양했다. 왜 그렇게 색깔이 다른 새끼가 나오는지는 모르겠다. 집 주변에 출몰하는 고양이들

중에 가끔 덩치 큰 흰색 고양이를 몇 번 보았다. 아마 그 놈이 하얀 새끼의 아비가 아닐까. 그런데 다른 색의 새끼들은 모르겠다.

그러면서 세월은 흘렀고, 올해 초에는 내 가족 같은 친구가 보였다 말았다 했는데, 별 신경도 쓰지 않다가 어느 날 보니 그 녀석은 보이지 않고 작은 새끼 하나가 혼자 다니며 울고 있었다. 며칠을 봐도 어미는 보이지 않고 새끼 놈 혼자서 애처롭게 사람을 따라다니며 야옹야옹 했다. 이건 뭐지? 어미가 죽었나? 영 신경이 쓰여서 멸치대가리 몇 개 준 것이 문제였나.

이것이 나만 보면 어미라도 만난 양 따라다니기 시작하는 거였다. 애처로운 건 애처로운 거고, 나는 불편해지기 시작했다. 이것이 문을 열어두면 문 앞에서 야옹야옹 하며 나를 쳐다보고, 문을 닫으면 문을 긁으며 뭐라뭐라 했다. 이 녀석이 세상 물정을 몰라서, 저리 가라고 소리를 쳐도 못 알아듣고, 손을 흔들며 위협을 해도 도통 알아먹지를 못한다. 대체 나더러 어쩌라고, 이놈아!

불편했다. 나는 이 친구를 키울 마음이 없다. 그래서 고양이를 엄청 사랑해서 야생고양이들에게 무한 먹이를 주는 친구를 불렀다. 애 좀 데려가라고.

세상에, 혹 떼려다가 혹 붙인 격이었다.

이 친구는 자기 집에 이미 고양이가 너무 많아서 애가 가면 그 무리 속에서 살아날 수 없을 거라며 그냥 돌아가서는, 고양이 주식은 물론 간식에 영양제까지 아주 작정을 하고 보내오는 거였다. 아이고, 그냥 두면 야생고양이로 돌아갈 것을 어쩌자는 것인지.

난감했다. 그래도 보내온 사료를 어쩔수없이 주고 간식 캔을 따주고는 했지만 마음은 편치 않았다. 그런데도 집에 와서 이놈을 보는 사람마다 예뻐서 어쩔 줄 모르는 것이다. 그럴 때마다 나만 못된 사람처럼 생각되기도 했다.

그래도 나는 도저히 그럴 수 없겠기에, 여기저기 소문을 내서 결국은 임자를 찾았다. 그래서 그 아이는 내 집을 벗어났고, 나는 고양이에게서 벗어났다. 고마워라.

나중에 소식을 들었는데, 나뿐 아니라 고양이에게도 잘 된 일인 것이, 고양이는 그곳에서 이름도 얻었고, 그토록 원하던 사람의 공간에 들어가서 잘 산다는 것이다. 나 역시 그놈이 잘 산다고 하니 마음이 놓였다.

그렇게 그 고양이와의 인연은 끝났다. 나는 다시는 만나지 않기를 바랄 뿐이다.

  지금도 내 집에는 낯익거나 낯선 고양이들이 오고가곤 한다. 나는 그냥 그렇게 살고 싶다. 고양이는 고양이의 삶을, 나는 나의 삶을. 그게 최선이다.

멧돼지와 마주친 사건들

요즘 산천의 주인은 멧돼지가 아닐까 하는 생각이 든다. 천적이 없다는 요즘의 멧돼지가 도시까지 내려온다는 소식이 심심찮게 들린다. 그러니 산골이야 오죽 하겠는가. 특히 가을에 접어들면서 그들의 움직임은 상당히 노골적이어서, 동네까지 내려와 땅을 헤집어놓는 건 보통으로 여겨질 정도다.

몇 해 전에는 내가 김장용 무를 묻어둔 채마밭을 아예 갈아 엎어놓아서 알량한 농사꾼을 약 올리기도 했다. 이놈들은 자기 먹을 만큼만 캐먹으면 좋으련만, 어쩌자고 밭을 온통 다 뒤집어 놓는단 말인가. 그 사단에 작물들이 속수무책으로 뽑힌 채로 버려졌다.

작년까지는 우리집 주변에 내려와 땅을 파놓고는 했는데, 한동안 왜 그런지를 모르다가 어느 날 알게 됐다. 우리집 주변에 부엽토가 쌓여 있고 지렁이도 많았는데, 멧돼지는 그런 거름기 많은 땅을 주로 공격한다는 거였다. 그러니까 멧돼지들은 우리집 주변이 농약도 없고 화학비료도 없다는 걸 잘도 감지해낸 거였다. 더구나 산 아래 외딴집이고, 집을 지키는 개도 없으니 공격목표로 딱 적합했던 거다.

어쩌겠는가? 자연의 이치인 것을. 그나마 다행인 건 그때는 농작물을 해치지는 않았다는 것과, 바로 옆에 세워둔 차는 말짱했다는 것이다.

수년 동안 계속 오던 녀석들이 올해는 소식이 없다. 아마 큰 지렁이를 다 파먹어서 더는 먹을 것이 없어서 그런 모양이라고 짐작된다. 아침에 나가면 금방 파헤친 흙내음이 확, 코로 들어왔었는데. 지렁이한테는 미안한 얘기지만 그 내음이 참 신선하긴 했다.

나는 주로 이른 아침에 혼자 산에 가니까 멧돼지를 가끔 만난다.

처음에는 잘 몰라서 그랬다. 동이 틀 무렵 집을 나서서 산을 향했는데, 그때 제법 자주 멧돼지와 마주쳤다. 그 시각이면 사람 사는 곳은 밝아도 산은 아직 어둑하다. 그때까지는 아직 그들의 시간인 것이다. 내가 그런 시간을 침범한 것이다.

혼자 기척 없이 다니는 게 오랜 습관인데, 아침 산도 기척이 없다. 주로 그들이 나를 먼저 발견하지만, 가끔 내가 먼저 발견할 때도 있다.

누가 먼저 발견하든 간에 일단 둘 다 놀란다. 그들이 나를 먼저 발견하는 쪽이 나한테는 유리하다. 그러면 그들은 슬그머니 사라지니까. 소리를 안 내고 그냥 슬쩍 피하는 것이다. 소리를 낼 때는 나와 너무 가까이 있을 때 낸다. 너무 급해서 다소 위협적인 소리를 내며 후다닥 자신들이 안전하다 싶은 곳으로 가는 것이다.

반면 내가 그들을 먼저 발견하면 나는 당연히 놀라고 겁을 먹는다. 그들은 예민한 감각으로 상대가 공격성이 있는지 없는지를 안다고 한다. 나는 당연히 공격성은 없지만 두려움은 있는 것이다. 그들은 두려움과 공격성을 같은 파장으로 느낀다고 한다. 내 두려움을 공격성으로 알고 내게 먼저 공격해올 수도 있다. 물론 그런 일은 한 번도 일어나지 않았지만, 가능하다면 혹시 만나더라도 그들이 나를 먼저 발견해주기를 바란다.

아주 드물게 서로의 눈이 마주 칠 때가 있다. 그러면 나는 애써 태연한 척하며 팔을 한껏 내려서 공격 의사가 없다는 것을 보이며 그의 눈에 내 눈을 고정시킨다. 깜빡거리지도 않으려고 애쓴다. 어떤 짐승이 사람의 눈을 이길 수 있으랴. 아마 그들이 보기에 내 눈에 불길이 일지 않았을까?

그 시간이 얼마나 길었는지는 모른다. 몇 초간일 수도 있고, 몇 분간이었을 수도 있다. 놈이 먼저 눈길을 거둔다. 그리고 돌아서서 간다. 겁을 먹지는 않았다는 듯 태연히, 조용히. 몇 발자국 가다가 문득 돌아본다. 그때까지 나는 그 자세 그대로다. 내가 아직 그대로인 것을 확인한 놈은 몸을 획 돌려서 사라진다. 흔적도 없다. 남은 건 정적뿐이다.

비로소 나는 한껏 긴장되었던 몸을 풀고, 걸음아 날 살려라 냅다 달린다. 박수도 치고, 휘파람도 불고, 헛기침을 했다가 소리도 질렀다가 하며, 발걸음을 최대한 빨리 놀린다. 아마 누가 그런 나를 보면 아주 가관일 거다. 그렇게 그곳을 벗어나면 나

는 아무 일 없었다는 듯 행동한다. 그런 내가 우스워 픽, 웃음
이 나온다.

내가 주로 산에서 만나는 놈들은 몸집이 중간 정도다. 사람
으로 치면 중2 정도라 할까? 그런 녀석들은 천지분수도 모르고
나댄다. 사람이 얼마나 무서운지를 아직 모르나 보다.

그렇게 한 번씩 멧돼지를 만나고 나면 다음날은 가방에 호각
이나 방울을 달고 간다. 그런데 영 번거롭고 불편하다. 조용한
명상의 시간에 배낭에서 딸랑거리는 방울 소리가 몹시 신경이
쓰인다. 그래서 손에 들고 가끔 흔들기를 하다가 그만 둔다. 호
각도 마찬가지다. 하루 이틀 그러다가 '에라, 모르겠다' 하며 그
냥 다닌다.

그래서 나는 멧돼지와 협약을 했다. 내가 동 트는 시각이 아
닌, 그보다 30분쯤 늦춰 집을 나서기로 한 것이다. 그 정도의 시
간이면 그들도 안전한 곳으로 가고 나도 편안한 마음으로 산과
만날 수 있겠지 싶은 거다. 과연 그렇게 하고 난 후에는 거의 멧
돼지를 본 적이 없다. 녀석도 나를 본 적이 없을 것이다. 방금 진
흙 목욕을 하고 물을 뚝뚝 흘리며 자국을 남기고 떠난 놈은 분

명히 멀지 않은 곳에 있을 것이나, 우리는 서로 마주치지는 않는 것이다.

그러다 한번은, 폭포 아래서 운동을 하는데 어느 순간 중돼지 한 녀석이 어디서 왔는지 소리도 없이 나타나서 물을 마시는 거였다. 폭포 아래는 사방이 절벽이니 어디로 왔는지 알 수 없는데, 하여튼 나는 하던 운동을 멈추고 소리 없이 뒷걸음질해서 피해야 했다. 그 뒤로 폭포 주변을 항상 살핀다.

새끼를 잔뜩 거느린 어미는 만나면 위험하다. 새끼를 보호하기 위해 위협적으로 행동한다고 한다. 한번 만난 적이 있는데, 새끼들이 사정거리에서 벗어났다 싶을 만큼 나와 대치를 하다가 이제는 되었다 싶을 때쯤 후다닥 새끼들을 따라갔다. 나는 가슴이 쿵쾅거렸다.

올가을에는 산열매가 거의 열리지 않았다. 그래서인지 멧돼지들이 점점 더 아래로 내려오고 있다. 동네 아래까지 내려와 땅을 헤집는다. 올해 더 심한 걸 보면, 개체수는 느는데 먹이는 부족한 게 분명하다.

하루는 산에 가는데 어디선가 흙냄새가 났다. 주위를 살펴보니 절 아래 무와 배추를 심어둔 밭이 아예 쟁기질을 한 것처럼 깡그리 뒤집혀 있었다. 밭주인이 와보면 얼마나 기가 막힐 것인가? 나도 겪어봤기에 알고 있다. 화가 난다기보다 허망하다고 해야 할 것이다. 그 사이 시간이 좀 지났는지, 뒤집힌 흙에는 어느새 풀이 자라 있다. 간신히 위기(?)를 넘긴 무 몇 뿌리와 배추 몇 포기는 겨우 살아남아 풀과 함께 자라고 있다.

그나저나 걱정이다. 산에 먹을 것이 없어서 땅으로 자꾸 내려오면 서로에게 좋을 게 없는데 무슨 방도는 없는지? 내가 멧돼지 걱정을 하고 있을 때가 아닌데…….

나무의 전략

모든 생명이 자신의 한 생을 살아나가려면 삶에 전략이 있을 것이다. 나무도 예외는 아닐 것이다. 오히려 대지에 뿌리를 박고 있어서 움직일 수 없는 나무의 전략은 더 치열할 수밖에 없을 것이다. 그것을 나는 보고 느꼈다. 그냥 그 자리를 떠나지 않고 우뚝 서서 세월을 보내는 나무로만 보다가 어느 날 놀랄 만한 사건을 목격했다.

내 집 우물가에 엄나무가 한 그루 있다. 해년마다 4월이면 맛난 나물을 따먹는다. 자신의 무기라고 온몸을 가시로 뒤덮고 있지만, 사람에게는 당할 재간이 없을 것이다. 사람은 마음만 먹으면 뭐든지 할 수 있다. 모든 자연의 천적이 인간이 아닌가? 엄나무는 사람에게는 해년마다 자신의 햇잎을 따먹히지만, 다른 대상에게는 접근을 거부한다.

한해 엄나무 아래 호박을 심었다. 호박덩굴은 얼마나 생명력이 좋은가. 밭가에 한 포기 심어놓으면 덩굴은 무성하게 자라서 온갖 주변 나무를 다 타고 올라가고 돌아 돌아서 마당까지 접근하고는 했다. 그랬던 호박덩굴이니 처음에는 당연히 기세 좋게 자랐다. 더듬이를 이용해서 자기가 갈 방향을 정하고는 옆으로 뻗어 주목에 기세 좋게 올라가서는 몸을 키운 다음 그 옆의 엄나무까지 진출했다. 그런데 어느 순간 일단 멈춤으로 작전을 바꾸더니 한동안 그 자세를 유지하기를 며칠이 지났다. 그 기세 좋던 호박덩굴은 더 자라기를 포기하고 더듬이도 내리고 새순은 시들어버렸다. 나로서는 처음 본 광경이라 신기하고도 놀라웠다. 엄나무가 자신의 몸에 덩굴이 올라오는 것을 용납하지 않았던 것이다.

그래서 나는 알았다. 덩굴이 아무 나무에나 함부로 올라갈 수 있는 게 아니라는 것을. 그 동안 내가 보기에는 칡덩굴이나

단풍나무는 초가을부터 자기 방식대로 물들기 시작한다. 어떤 나무는 손가락 같은 잎의 끝부분부터 붉은 물이 들기도 하고, 어떤 나무는 한 가지가 한꺼번에 물이 들기도 한다. 또 어떤 나무는 나무 전체를 한꺼번에 물을 들이기도 한다.

다래덩굴이나 한삼덩굴 등이 마음대로 나무를 올라가고 감고 그러는 줄 알았는데, 그게 아니었다. 나무도 자기 몸에 덩굴이 감기는 것을 좋아할 리는 없지만 어쩔 수 없이 허용했었나 보다. 그런데 엄나무는 그걸 거부할 힘이 있는 것 같았다. 엄나무를 대문밖이나 동구에 심는 이유가 그래서인가 싶었다.

그뿐만이 아니다. 그 이후 관찰을 해보니 이 나무는 거미줄도 벌집도 새집도 허용하지 않았다. 올해는 유난히 거미집이 많았다. 그동안 봐왔던 거미가 아니라 처음 본, 아랫배가 불룩한 연두색 줄무늬 거미가 여기저기 무질서하게 집을 마구 지었다. 뭔가 좋은 느낌은 아니었다. 거미가 집을 많이 짓는다는 건 벌레가 그만큼 걸리지 않으니 자꾸 줄을 치는지도 모르겠다. 벌레가 많이 없다는 것도 이상한 일 아닌가? 이제 이 지구에는 벌레도 살 수 없는 곳이 되었나? 하여튼 이 거미가 가을에 접어들면서 집 주변 사방팔방에 줄을 치고 주변의 나무와 기둥 가릴 것 없어 보였는데, 유독 엄나무에는 접근을 하지 못했다. 바로 옆 주목과 초피나무에도 무질서하게 줄을 쳤지만 오직 엄나무에만 없었다. 이유가 있을 것이다. 내가 알 수 없는 이유가.

나무에도 기가 있어서 자기 몸을 보호하는 데 사용되는 모양이다. 살아 있는 생명인데 당연히 그럴 것이다. 거미는 물론, 새도 벌도 엄나무에 집을 짓는 것을 한 번도 보지 못했다. 그런데 사람인 나는 해년마다 햇순을 따먹었으니 할 말이 없다. 사람이 무섭겠다.

아마 그래서일 것이다. 사람 사는 주변의 엄나무는 유난히 가시를 많아 달고 산다. 높은 산, 사람이 많이 가지 않는 산의 엄나무는 가시가 거의 없다. 잎을 보면 분명히 엄나무가 맞는데 우리 주변의 나무처럼 가시가 많지도 않고 모양도 약간 뭉툭해서 가시라는 느낌이 없다. 친적이 없으니, 햇순을 따가는 자가 없으니 무기를 그리 많이 만들지 않아도 되는 것이다. 이 역시 놀라웠다.

산을 올라 다니면서 나무들을 자세히 보기도 하고 얘기도 나누기도 하는데, 나무들의 삶이 보이기 시작했다. 순전히 인간인 나의 생각이나 느낌이겠으나, 나무들의 삶도 치열했다. 서로 햇빛을 더 많이 보겠다고 몸을 키운다. 경쟁이 대단하다.

바람을 만나면 그 바람과 소통해서 자기가 유리한 방향으로 가지를 흔들고 몸을 기울여서 옆 나무의 기압을 제지한다. 그래서 이긴 나무는 좀더 우월한 곳인 더 높은 곳으로 키를 키우는 것이다. 그래서 햇볕을 더 많이 차지하고 자기의 세를 키우며 세상을 사는 것이다. 요즘 산에 나무들을 보면 성장을 오로지 키를 키우는 데만 집중하다가 센 바람에 쓰러진 나무가 많은 이유이겠다. 그 경쟁에서 밀린 나무는 성장이 아주 늦거나, 그늘에서 자랄 수밖에 없거나, 결국은 고사하고 마는 것이다.

산에 올라다니며 가끔 고개를 들고 나무들을 쳐다보고는 하는데, 몸은 불리지 않고 키만 훌쩍 키우는 나무를 보면 마음이 좋지 않다. 건강해 보이지도 않고, 경쟁에 휩쓸려서 불균형 성장에만 마음을 주는 현대인들과 비슷해 보여서다.

이제 낙엽의 계절이 돌아왔다.

모든 나무는 자신의 몸에서 물을 내려보내고 겨울을 준비한다. 젊은날 우리처럼 늘 푸를 것 같았던 나뭇잎은 이제 붉고 노랗게 물들어 낙엽으로 떨어진다. 그럼에도 불구하고 남겨진 잎들은 나무에 매달린 채로 겨울을 나거나 어느 날 바람을 만나 떨어질 것이다.

가을 나무는 단연 단풍나무다. 단풍나무는 가을을 위해 태어난 나무 같다. 가을에 찬란하다. 물론 인간의 시각에서 그렇다는 얘기다. 단풍나무에게는 단풍나무의 세상이 있을 것이다.

단풍나무는 초가을부터 자기 방식대로 물들기 시작한다. 어떤 나무는 손가락 같은 잎의 끝부분부터 붉은 물이 들기도 하고, 어떤 나무는 한 가지가 한꺼번에 물이 들기도 한다. 또 어떤 나무는 나무 전체를 한꺼번에 물을 들이기도 한다.

가을이 깊어가는 길목에서 바람이 불거나 비가 내릴 때, 낙엽은 우수수 떨어진다. 그렇지만 다 내려보내지는 않는다. 남긴다. 잎을 오그리고 겨울 올 건딘다. 그리다가 비가 오거나 눈이 오면 그 수분을 받아서 다시 잎을 펴기도 한다. 전성기 단풍일 때처럼 와와 살아나기도 한다. 물론 빛깔이야 전성기만 못하지만 그래도 생기가 있어 보인다. 다시 가을을 느끼는 것이다.

비가 와야만, 눈을 만나야만 생기를 잠시 찾았다가 시들기를 반복하며 그렇게 겨울을 건딘다. 그러다가 봄기운이 돌고 새싹이 돋고 할 때, 그리고 단풍나무에서 새싹이 바늘처럼 뾰족이 나무를 뚫고 올라올 때면, 그때서야 자신의 일이 끝났다는 홀가분함 속에서 우수수 떨어지는 것이다.

초봄 산에 올라가 단풍의 낙엽을 보면, 이제 봄이 왔구나를 느낀다.

왜 그런지는 나는 모른다. 나는 전문가가 아니니까. 그렇지만 예상은 해본다. 아마도 새싹을 보호하려고 그 겨울 동안을 나무에 남아서 버틴 건 아닐까.

그러고 보니 내가 알고 있는 나무는 과연 몇 종류나 될까. 고작 주변의 몇 나무뿐이다. 내가 다니는 곳은 어차피 한정되어 있고 그래서 아는 것만 보고 생각하고 나름의 해석을 할 뿐이다.

소나무에 대한 나의 해석은 이렇다.

소나무도 다른 생명을 싫어하는 것 같다. 웬만하면 다른 생명을 들이지 않는다. 소나무 숲에는 다른 나무가 잘 자라지 못한다. 저들끼리만 자란다. 소나무 밑은 풀도 자라지 못한다. 오로지 자기들끼리 청청하다. 소나무도 덩굴을 붙이지 않는 것 같다. 소나무를 감은 덩굴은 거의 없다. 그리고 새집도 보지 못했다. 물론, 내 눈에 띄지 않은 것일지도 모른다.

그리고 사람들이 '연리지'를 보고 그리움이네, 사랑이네 하는 것도 참 우습다. 나무의 입장에서 본다면 얼마나 어이없는 일인가? 서로 살아나기 위한 경쟁으로, 서로 좀더 좋은 위치를 찾기 위해 몸을 불리고 서로 밀치고 하는 와중에 붙어버렸다. 움직일 수 없으니 그곳을 떠나고 싶어도 떠날 수 없다. 바람이 불 때마다 몸은 서로 부딪치고 하며 서로에게 상처를 주고 결국은 둘 다 건강하게 살지 못하고 어딘가가 병이 들거나 굽어지거나 휘어지며 부딪칠 때마다 아파하며 사는 것이다. 싸우고 있는 것인데, 그걸 보고 사랑을 떠올리다니. 사람들 눈에는 그것이 좋아서 붙어 있는 것으로 보이나 보다. 뭉어 있는 것은 모두 서로 사랑하는 걸로 봐야만 직성이 풀리는지? 어쨌든 내 눈에는 안쓰러워 보인다.

그리고 덩굴식물은 자세히 보면 한 방향으로만 감고올라가는 듯 보인다. 지구의 자전 때문인지? 어쨌든 한동안 산을 오가며 내가 확인한 덩굴은 모두 시계 반대방향으로 감으며 올라가고 있었다. 예외는 없었다.

내 느낌에는 나무는 겨울에 더 치열한 것 같다. 모든 물을 다 빼고 얼지 않게 몸단속을 하고만 있는 것 같지만, 실은 몸 안에서는 엄청난 준비를 하고 있을 것이다. 봄이 오면 잎을 내 보내야 하니까, 꽃을 피워야 하니까.

얼마나 많은 준비를 해야 새싹을 돋우고 화려한 꽃을 피워내겠는가. 그 일이 다 겨울 동안에 일어나는 것이다. 아무에게도 의존하지도 않고 내색하지도 않는다. 묵묵히 홀로 이뤄내는 것이다.

그러므로 겨울은 나무에게는 잉태의 계절이다. 한가해 보여도 속으로 더 치열하고 더 뜨거울 것이다.

태풍

올해는 다른 해보다 유난히 태풍이 많았다.

2002년 태풍 루사에 당해본 적이 있는 탓에, 나는 태풍이 무섭다. 결국 그 인연으로 지리산에 안겨 살게 되었지만, 당시 상황은 심각하게 참담했다.

그러고 보니 태풍의 기억이 몇 더 있다.

2002년에 거의 모든 것을 떠나보내고 2003년 초에 지리산에 터를 잡만해서 들어온 이후로 두 매년 이름을 달리한 태풍이 왔고 바람을 동반한 엄청난 비가 쏟아지고는 했지만, 지리산 능선이 앞뒤로 있어서인지 큰 피해 없이 지나가곤 했다.

집이 옛 농가인지라, 바람을 동반한 비는 가로로 들이치면서 집안까지 위협을 할 때도 있었다. 마루를 흥건히 적시는 것은 물론, 흙벽을 적시고 창호지를 적시고 문짝을 확 열어젖히기도 한다. 그래서 나는 비보다 바람이 더 무섭다.

오래된 집터라서 배수가 잘 되는 편이라 비는 덜 걱정이다. 그런데 바람은 대책이 별로 없다. 그냥 부는 대로 둘 수밖에 없다.

2011년 태풍 볼라벤의 위력은 대단했다.

바람이 어쩌나 심하게 부는지, 나뭇가지가 공중을 숭숭 날아다니는 건 아무것도 아니고 여기저기서 나무 부러지는 소리가 우지끈하며 들리고 농작물들이 몸부림을 쳤다. 세상이 당장 어떻게 되기라도 할 것처럼 바람이 불어대는데, 정신을 차릴 수가 없었다. 그나마 밤이 아니라서 다행이다 싶었다. 집이 날아가지 않을까 할 정도로 심한 바람이 쉬지 않고 불어대고, 마음은 진정되지 않고 끝없이 불안했다.

별 도리도 없이 안절부절 바깥만 내다볼 뿐인데, 굉장한 소리를 내며 세상을 쓸어버릴 듯이 불어대는 바람 탓에 대문이 우지끈 소리를 내면서 떨어져버렸다. 제법 튼튼한 나무대문이었는데, 바람의 힘을 이겨내지 못하고 떨어져버린 것이다.

바람 소리가 얼마나 무시무시한지, 귀를 막아도 무서웠다.

그 와중에 장독 뚜껑이 벗겨지고 깨지고 난리였지만, 무서워 밖으로 나갈 엄두도 낼 수 없었다. 된장독에 빗물이 마구 들이쳐도 그냥 발만 동동 구를 뿐이었다.

시간이 지날수록 일은 더 크게 벌어졌다. 내가 잠잘 때 말고는 항상 이용하는 내 공간이 위협을 받기 시작했다. 옛날 아궁이가 있던 부엌을 실내로 개조해서 이용하는데, 연기가 빠져 나가게 만든 쪽창들이 덜커덩거리고 빗물에 흠뻑 젖어버렸다. 물에 젖은 한지가 무슨 힘이 있겠는가? 가로로 들이치는 비에 제법 높이 있는 창까지 적시고 바람까지 가세하니, 펄럭펄럭 몇 번 하던 창호지들은 드디어 항복하고 말았다. 뚫린 창으로 드디어 바람은 우우 몰려들어왔다. 졸지에 실내가 실외처럼 되어버렸고, 나는 어찌 할 바를 몰라 그냥 부는 바람을 맞고만 있었다. 자연 앞에서 인간은 얼마나 나약한가. 그저 빨리 지나가기를, 제발 빨리만 지나가기를 바랄 수밖에 없었다.

하지만 시간은 왜 그리 미적대며 늑장을 부리는지, 고난의 시간은 한없이 늘어지기만 했다. 줄곧 조급하던 내 마음은 어느 순간 자포자기로 바뀌었던 것 같다. 그 후로 잘 기억이 나지 않는다.

태풍이 언제 지나갔는지도 기억에 없다. 바람이 잦아들고 비로소 마당에 나가보니, 난리도 그런 난리가 없었다. 대문은 비에 젖은 채 마당에 널부러졌고, 장독뚜껑은 죄다 깨진 채 나뒹굴고 있었다. 날아다니던 기물들과 나뭇가지들은 여기저기 아무렇게나 처박혔고, 장독에는 물이 찼다. 처마는 물론 마루와 벽은 흥건히 젖었고, 밭작물들은 뽑히고 눕고 꼬였다. 세상이 온통 폐허로 변해버린 듯했다. 무엇부터 손을 대야 할지 엄두가 나지 않았다.

집안은 집안대로 엉망이었다. 보자기 몇 개로 선반의 물건들을 대충 덮어놓고는 안방으로 들어갈 수밖에 없었다.

다음날은 언제 그랬냐는 듯 해가 났다.

새삼 햇볕에 고마워하며 마당 치우고, 문 바르고, 기물을 정돈했다. 대문 고쳐줄 친구에게 알리고 하는 동안, 누웠던 풀들은 일어나며 자가치유에 들어가는 것 같았다. 모든 것들이 상처를 다독이며 몸을 추스르고 있었다.

그해 태풍이 지난 후 백두대간 종주를 하는데 나무가 얼마나 많이 부러져서 길을 막고 있는지, 제대로 진행을 할 수가 없을 정도였다. 주로 소나무 같은 침엽수들이 많이 부러졌는데, 아마 다른 나무들보다 약해서 그런 모양이었다.

그 해 백두대간 길은 그래서 더 많이 힘들었던 기억이 있다.

볼라벤 이후 기억할 만한 태풍은 없었는데, 올해 가을 태풍이 잦으면서 살짝 걱정이 되었다. 더구나 밤에 온다고 하니 어찌하나 싶지만, 자연이 하는 일에 인간이 할 수 있는 일이 뭐가 있겠는가. 그저 피해를 줄일 대비나 하는 정도다. 가령, 지난번에는 대문이 닫혀 있어서 바람을 이기지 못했으니, 이번엔 대문을 활짝 열고는 단단히 고정을 했다.

이제 장독에는 장이 없지만 그래도 날아갈 만한 것들은 손보고 바람을 탈 만한 물건들은 치우고 나름 정리를 한다고 했다. 쪽 창문이 문제인데, 그건 어쩔 수 없다. 그냥 하늘에, 태풍에 맡길 뿐이다. 깊은 잠이 올 리가 없으니 자주 나와서 살피고 들어가는 것이 고작이다.

밤에는 그다지 심한 바람은 불지 않았고, 새벽에 먼동이 트면서 바람의 강도가 세지기 시작했다. 쪽창의 창호지는 위태롭게 펄럭인다. 바람은 금방이라도 쳐들어올 기세다. 낡은 창호지는 부들부들 떨면서도 용케 잘 버틴다.

한 시간쯤 지났을까? 바람이 서서히 다른 곳으로 이동하는 것 같다.

이번엔 별일 없이 넘겼다. 천만 다행이다.

볼라벤보다는 이번 태풍이 약했을 테지만, 그래도 그때보다는 준비를 한 덕분이 아닌가 싶다. 옆 밭의 밤나무 가지가 부러져서 내 차 위로 떨어지기는 했지만, 차는 말짱했다.

나무가 많이 부러지지는 않았어도 가을 태풍이라 잎이 상처를 많이 받았다. 용하게 버틴 나뭇잎들은 상처가 나면 난 대로 오는 계절을 준비한다. 사람들은 올 가을에 단풍이 좋지 않을 거라고 했지만 그 와중에도 최대한 물들었고 그리고 고왔다.

태풍이 오면 무섭긴 하지만 자연을 보면 태풍은 필요한 것이라고 본다. 산에, 나무에 필요 없는 것들을 말끔하게 정리해주기 때문이다. 나무의 미련이랄까, 미처 떨어지지 못하는 가지들을 말끔하게 정리해주는 것이다. 자연의 깊은 이치일 것이다.

풀을 뽑다가

마당의 풀을 뽑다 보면 시골살이라는 것은 풀과의 전쟁이 아닐까라는 생각을 거듭거듭 하게 된다.

불과 며칠 전에 땀을 흘리며 모기에 쏘여가며 한바탕 풀을 소탕하고는 깨끗해진 마당을 보며 흐뭇했는데, 여름풀은 뽑고 돌아서면 또 뽑을 풀이라고 하더니 그냥 지어낸 말이 아니다.

어디에 그 많은 씨앗이 숨겨져 있는 것인지, 땅 속에서 차례를 기다리고 있다가 틈만 나면 제 몸을 들어올린다. 심하게는 흙이 죄다 씨앗이 아닐까라는 생각이 들 때도 있다. 그 정도는 아니라도 아마 흙 반 풀씨 반으로 봐도 과한 건 아닌 듯하다.

물론 요즘 시골에서도 흙을 만나기는 쉽지 않다. 골목길이고 마당이고 어쩌자고 모두 시멘트로 발라버려서 흙은 숨을 쉬지도 못하고 있다. 물론 살아가는 데 좀 편할 수는 있겠으나 온통 시멘트 집에 시멘트 골목에 시멘트 마당이라니, 보기만 해도 숨이 턱 막혀온다.

요즘 시골에는 노인들이 많고 그분들은 농사만으로도 이미 엄청 힘이 들 것인데 마당을 그냥 흙 마당으로 두면 그것 또한 일을 보태는 것이겠기에 풀이 절대로 나지 않는 그 방법은 피할 수 없는 유혹일 것이다. 골목 또한 차들이나 농기계가 쉽게 다닐 수 있게 하자면 시멘트 포장은 어쩌면 신의 선물과도 같을 것이다. 세상이 자연 위주가 아니라 사람 위주 편리 위주로 가는 세상이니 말이다.

돌아서면 자라는 풀을 뽑아야 하는 일은 정말 힘든 일이다. 그냥 두면 세상이 자기들만의 것인양 자라고 뻗치는 것을 봐주는 것도 못할 일이다. 어디 며칠 다녀오면 자기들만의 세상을 만났다고 아예 신이 나서 모든 빈틈을 다 점령해 있다. 그뿐만 아니라 하늘 높은 줄도 모르고 한껏 몸을 키운다.

웃기는 의심이 드는 것은, 그들만의 약속이라도 되어 있는지 벌레들도 나의 연약한 채소들만 소탕하지 저 에너지 넘치는 풀들은 구멍 하나 내지 않아서 말짱하고 싱싱하다는 점이다. 빛이 난다. 너무 싱싱해서 무서울 지경이다.

모든 살아 있는 생명이 그렇듯이 풀들도 자기들만의 전략이 있어서 자세히 관찰하면 감동적이고도 재미나다. 자연에서 살면서 모든 살아 있는 생명들을 자세히 보면 오로지 번식이 제일 목표라는 것을 알게 된다. 새들도 오로지 번식을 위해서 집을 짓고 번식이 끝나면 집을 과감히 버린다. 그밖에 사마귀, 메뚜기, 매미, 뱀, 개구리 등등 내가 아는 거의 모든 것들이 그렇다. 그들은 번식을 위해서 먹고 번식을 위해서 짝짓기 하고 번식을 위해서 사는 것 같다. 절대로 학술적인 것이 아니고 나의 관찰과 생각일 뿐이다. 그들의 생태를 알지 못하는 나는 그냥 그럴 것 같아 보인다는 것이다. 그러니까 정답이 아닐 수가 있다.

풀들도 마찬가지다.
할 수 있을 때 최대한 많이 해두기 전략으로 작전을 짜는 것 같다. 날씨가 한창 좋아서 마음껏 자라고 꽃피고 씨앗이 여물 때는 그때대로 최대한 많은 씨앗을 땅에 묻어두고 느긋이 내년을 기다리고 있는 듯하다. 물론 한해에도 몇 번씩 올라오는 놈들이 더 많아서 농사로 치자면 몇 모작을 하는지도 모른다.

같은 풀이라도 그들은 날씨나 기온에 따라, 땅의 기운에 따라 몸의 크기를 달리 한다. 물론 우리 집 마당 풀은 수시로 뽑아버리니까 이놈들도 작전을 그것에 맞게 짠다. 자주 뽑힐 수밖에 없는 풀들은 그 나름의 전략으로 최대한 빨리 씨앗으로 작전을 짜고 몸을 작게 하는 대신 씨앗에 집중한다. 나에게 뽑히기 전에 번식을 해야만 하는 것이다.

조금 손이 덜 미치는 곳의 풀들은 나름 당당한 자신의 삶을 살 궁리로 몸을 키우기도 한다. 물론 그들도 어느 날 졸지에 뽑히는 것이 다반사이지만 그래도 비교적 한 생을 만족하게 살았다 할 만할 것이다. 그렇게 자란 놈들의 씨앗은 튼실하다.

날씨가 추워질 때 뒤늦게 땅을 뚫고 올라온 풀은 나름 바쁘다. 오로지 번식이 목적인 그것들은 몸을 키우지 않는다. 몸은 최소한으로만 키우고 꽃부터 피우고 씨앗 여물기에 모든 것을 집중한다. 더 춥기 전에, 얼어서 죽기 전에 번식을 완료해야 하니까 몸을 키울 시간은 없는 것이다. 놀라운 전략이자 자연의 이치인 것이다.

그럴 때면 나는 그 작은 풀을 보고 몸을 최대한 낮춰서 "선생님!!" 한다. 자연의 이치를 얼마나 절실히 이행하는가? 세상의 모든 대상은 선생인 것이다. 그날의 나의 스승은 풀이다. 그렇듯 풀은 원수도 되었다가 선생님도 되었다가 한다.

내가 땡볕에서 풀을 뽑고 있자면 가끔 지나가는 동네 분들 중 어떤 분은 풀약을 치면 될 것을 왜 힘들게 뙤약볕 아래서 풀을 뽑느냐고 혀를 끌끌 찬다. 풀약이란 제초제를 말하는 것이다. 풀약 한번 뿌리면 일처럼 앉아서 풀을 뽑지 않아도 된다는 것이다. 맞는 말이다. 편하기는 할 것이다. 금방 다시 돋아 나오지도 않을 것이다.

그렇지만 나는 그러고 싶지 않다. 제초제라는 것은 풀만 죽이는 것이 아니라 땅의 모든 것을 죽일 것이다. 미생물, 지렁이, 두더지 그밖에 거의 모든 것을.

나는 자연의 도움으로 사는데 내가 자연에게 해줄 수 있는 것은 거의 없다. 인간이 자연에게 해줄 수 있는 것이 과연 있기나 한지 모르겠다. 자연에게 해줄 수는 없지만 그래도 내가 할 수 있는 것은 무엇이겠는가? 가능하면 적게 쓰기, 적게 버리기, 가만히 두기 정도다.

풀들이 제초제로 서서히 시들어가는 것을 볼 자신도 없다. 물론 내게 뽑히는 것도 죽는 것이기는 하겠으나 한 번에 뽑으니까 괴로움은 길지 않으리라 본다. 모든 생명이 죽음을 그렇게 맞이하면 괜찮겠다는 생각이다. 풀을 뽑다가 죽음까지 생각했다.

지금도 마당에는 여전히 풀들이 만만찮게 자라고 있다. "나 뽑아봐라, 다시 난다"라고 나를 약이라도 올리는 것인가? 그럴지라도 겨울에는 풀들이 몸을 더는 키우지 않으니 그냥 봐주는 것인지 아니면 생명력을 만나고 싶은 것인지 더는 뽑지 않는다. 생명력이 대단한 몇몇은 땅에 딱 붙어서 꽃까지 피우는 것을 보면 위대해 보인다.

그래서 겨울에 내 마당에서 피는 풀꽃은 관심을 받기는 하는데, 과연 겨울을 견딘 그 풀꽃은 씨앗을 잉태할 수 있는지는 모르겠다. 어쩌다 그 시기에 꽃을 피운 것인지, 겨울바람에 바들바들 떨고 있는 꽃을 보면서 생명이란 무엇인지를 생각하게 한다.

3.

나의 지리산살이

딱새 손님

　해마다 우리 집에 단골손님처럼 찾아오는 생명이 있다. 바로 딱새다.

　딱새는 무당새라고도 하는데, 한해에 두 배 정도 알을 낳아 기르는 것으로 보인다. 나는 이 녀석들이 몇 년을 사는지 모른다. 그래서 올해 온 녀석이 작년의 그 녀석인지 아니면 그의 새끼새인지 알지 못한다.

　꼬리를 아래위로 움직이면 딱딱 소리가 나서 딱새로 불리는 이 새는 사람을 무서워하지 않는 듯하다. 인가 주변에 둥지를 마련하는 걸 보면 알 수 있다. 집안이나 집 주변, 주로 마루 위

선반 등에 와서 일시 정착을 하는 모양인데, 우리 집 녀석들은 어쩌자고 화장실 선반을 가장 선호한다. 딴에는 가장 안전한 곳으로 판단해서 정한 곳이겠지만, 나로서는 조금 불편하다. 알을 품고 있다가도 누가 오면 후다닥 날기 때문에, 화장실 한 번 가는 것도 여간 조심스럽지가 않은 것이다.

딱새는 처음 몇 년 동안은 사랑채 툇마루 선반을 주로 집터로 사용했다. 그러다 지금은 화장실 선반을 집터로 애호하는 것 같다. 딱새는 일단 터가 마련되면 나뭇가지, 이끼, 잔털들로 둥지를 짓고 알을 낳고 부화하여 새끼를 키운다. 그러는 동안 집주인인 나를 어느 정도는 알아보는지, 시간이 좀 지나면 내가 다가가도 그다지 많이 놀라지는 않는 것 같다. 그래도 최대한 조심하며 살고 있다. 어쩌다 손님이라도 오면 나는 화장실 주의부터 시킨다. 특히 새끼가 어느 정도 자라서 날기 연습을 할 때가 가장 위험하다. 안 그래도 위험 요소도 많고 처음 공중을 날아야 하는 두려움으로 앞이 캄캄할 텐데, 혹시 변기덮개가 열려 있기라도 하면 심각한 상황이 발생할 수도 있기 때문이다.

딱새로 인해 별일을 다 겪었다. 정확히 말하면 내가 겪은 게 아니라 딱새가 겪었다는 말이 맞겠다.

이사 와서 사랑채 툇마루 천장에 선반을 만들어 이것저것을 올려두었다가 필요할 때 내려 쓰고는 했다. 그런데 어느 날 작은 소쿠리가 필요해서 내려보았더니, 글쎄 바구니가 온전히 새집이 되어 있는 거였다. 딱새네가 나뭇가지와 이끼로 집을 꾸미고 그 위에 앙증맞게도 작은 새알 하나를 낳아놓았던 것이다!

신비한 야생의 모습에 나는 가슴이 두근거렸다. 조심스레 바구니를, 아니 새집을 도로 올려놓았다. 하지만 수시로 궁금했다. 집에 찾아오는 손님이라도 있으면 나는 내가 낳은 것이라도 된다는 듯이 사람들한테 자랑을 했다. 혼자 있을 때도 궁금증을 이기지 못해 수시로 바구니를 내렸다. 알이 하나가 되고, 둘이 되고, 셋이 되는 것을 확인하는 게 거의 몸이 떨리도록 신기했다. 이 이야기는 『낮은 산이 낫다』에 실려 있으니 더는 쓰지 않겠다.

이듬해 봄, 딱새네는 작년에 내가 자꾸 바구니를 꺼내보는 게 싫었던지, 툇마루 선반을 마다하고 우물 옆 가스레인지 아래에 둥지를 트는 것이었다. 그곳은 내가 나물을 삶기 위해 수시로 불을 켜야 하는 곳이었다. 오히려 내가 안절부절못하는 동안 둥지는 완성되어버렸다. 암컷은 주로 둥지에서 알을 부화시킬 준비를 하고, 수컷은 쉬지 않고 벌레를 잡아 나르느라 분주했다.

기가 막힌 일은, 보통 때는 알을 다섯 개나 많아야 여섯 개 정도 낳는데, 무슨 바람이 불었는지 올해는 여덟 개나 낳은 것이다. 그러느라 얼마나 힘들었을 것인가. 졸지에 나는 그곳의 가스 불을 쓰는 것은 고사하고 우물가에 가는 것까지 조심해야 했다.

그래도 시간이 간 만큼 일은 진행되어서, 어느날 알이 드디어 부화를 했다. 많은 자식 먹여 살리느라 부모 새의 고생은 이만저만이 아닌 듯했다.

그해 따라 날씨가 추워서 벌레가 많지 않았다. 측은지심이 별로 없는 나조차도 마음이 몹시 쓰였다. 나는 알곡이나 멸치를 잘게 부수어 둥지 주변에 두었다. 어린 것들은 배가 고픈지 아무 기척이 나도 짹짹거리며 한껏 입을 벌리고 아우성이었다.

새끼들의 몸이 자라며 둥지가 작아졌는지, 힘없는 놈은 둥지 밖으로 밀리기 일쑤였다. 그들의 세계를 잘 모르는 내가 보기에는 힘센 녀석이 약한 녀석을 밀치고 제일 앞에서 입을 더 크게 벌리며 소리를 질러대는 것 같았다.

어미아비가 어련히 알아서 하련만, 나는 힘센 놈만 먹이는 게 아닌가 싶어 안달이 났다. 그렇다고 뾰족한 수가 없으니 혼자 발만 구르는 거지만.

날이 갈수록 아기 새들의 몸은 자랐고, 어미아비는 더 바쁘게 먹이를 물고 둥지를 오갔다. 세어보진 않았지만 하루에도 백 번쯤은 드나드는 것 같았다.

그 즈음부터일까? 고양이들이 주변을 어슬렁거리기 시작했다. 평소에 내 집 주변의 녀석은 물론이고 가끔 나타났던 놈, 게다가 처음 보는 놈도 있었다. 고양이들은 가스레인지 주변을 수시로 돌아다니며 위를 올려다보고는 했다. 내가 없을 때는 아예 선반에 올라가 앞다리를 뻗어보기도 하는 것 같았다. 그러다 내가 문을 열고 나가면 후다닥 도망치고는 했다. 녀석들의 속셈을 아는 나는 조마조마했지만, 아무리 앞발을 뻗어도 닿지 않을 높이여서 괜찮아 보였다.

그러던 어느 날, 어미아비 새의 다급한 소리가 들렸다. 처음엔 아기새 날기 연습을 시키는 줄 알았다. 보통 아기새들이 어느 정도 자라면 부모 새가 이렇게 저렇게 하라고 몹시 시끄럽게 훈련을 시킨다. 그런데 이번은 그 소리와 달랐다. 이상했다. 문을 확 열고나서니 세상에! 고양이들이 입을 쩝쩝 다시다가 나를 보더니 후다닥 도망을 가버리는 거다!

어미새의 목소리는 더 요란했다. 신도 미처 신지 못하고 달려가보니 가스레인지가 비스듬하게 기울어졌고 아이들은 흔적도 없었다. 아, 이럴 수가. 너무나 어처구니없는, 말이 안 되는, 엄청난 사건이 내 집에서 벌어진 거였다.

순식간에 새끼들을 잃은 어미새는 소리 높여 울기만 했다. 나도 옆에서 멍하니 서 있을 수밖에 달리 할 수 있는 일이 없었다. 뭐가 더 남았다 싶은지 고양이가 또 슬그머니 다가온다. 나는 진짜로 무섭게 소리친다. 다시는 내 앞에서 얼씬도 하지 말아라, 이 나쁜 놈들아! 하지만 그 소리는 공허한 메아리로 사라질 뿐이었다.

어미새의 다급하던 목소리는 애처로움으로 바뀌었다. 고양이 놈이 나를 보고 놀라서 도망가며 남겼을 아기새의 신체 일부일 것 같은 무언가를 물어다가 가장 안전하다고 판단되는 장작더미 위에 갖다놓고는 그것이 살아 있는 새끼인 양 벌레를 물어나르기 시작했다. 더 부지런히, 더 열심히. 아비새도 힘이 하나도 없어 보였다.

자연이 하는 일이지만, 먹이사슬의 법칙이라고 하기에는 너무 큰 상처였다.

며칠이 지난 후 딱새네는 다시 집을 짓기 시작했다.

그런데 이 녀석들이 좀 모자라는 놈들이 아닌가 싶은 것이, 이번에는 지붕 물받이에 집을 짓는 거였다. 비가 오면 떠내려갈 곳인데, 어쩌자고 저런 곳에?

하지만 내가 해줄 것은 없었다. 뭘 할 수 있단 말인가?

그 이후는 나는 모른다. 한동안 집을 비울 일이 있어서 그들의 일상은 내 관심에서 멀어졌다. 다만 비가 오기 전에 둥지 완성해서 알 낳고 부화하고 키워서 날려 보냈기를 바랄 뿐이었다.

올해도 나의 화장실 선반에서 딱새는 가족을 늘려서 나갔다.

우리집 보물 1호

내가 누구에게나 자랑하는 우리집 보물이 있다. 그 보물을 보면 누구나 나를 부러워한다. 처음 이 집을 봤을 때도 가장 눈에 들어왔고, 가장 마음에 들었던 부분이기도 하다. 그 보물은 바로 마당 한켠의 작은 우물이다.

정남향으로 자리 잡은 집의 햇살 가득한 흙 마당에, 우물은 맞춤하게 어울린다. 이 우물은 두레박으로 퍼올리는 깊은 우물이 아니라 쪼그리고 앉아서 바가지로 떠 쓰는 작은 박우물인데, 내가 생활하며 쓰는 거의 모든 물을 이 물로 해결한다.

세탁기를 사용하지 않는 나는 모든 빨래를 당연히 이 우물물로 한다. 나는 우물가에 쪼그리고 앉아 빨래하기를 좋아한다. 돌로 된 빨래판에 빨랫감을 올려놓고 방망이로 톡톡 툭툭 두드리면 절로 신이 난다. 게다가 빨래가 또 얼마나 깨끗하게 되는지, 세탁기에 비할 바가 아니다. 그리고 그 빨래가 마당의 빨랫줄에서 햇볕과 만나 팽팽하게 긴장을 하며 고들고들 말라가는 풍경이란.

설거지도 가끔 우물가에서 한다. 이 물로 설거지를 하면 그릇에서 뽀드득 소리가 난다. 세제를 거의 쓰지 않는 대신 그릇을 햇빛 목욕을 시키는데, 그것도 기분이 그만이다. 햇살을 받아 반짝반짝 빛나며 그릇들은 마냥 웃는다. 개운하고 행복해 보인다.

우물의 온도야 사계절 변함이 없겠으나, 내가 느끼기에는 여름에는 시원하고 겨울에는 따뜻한 물이다. 참 신비한 힘을 가진 우물인 것이다. 우물물에 손을 넣어보면 그날의 기온을 알 수 있을 정도다.

지금은 그러지 않지만 처음 와서는 우물 안쪽 조그만 동굴에 장아찌 종류를 많이 해서 저장해두고는 했다. 한동안 잊고 있다가 작년에 우물을 약간 손보면서 엄나무순 장아찌를 발견했

나는 우물가에 쪼그리고 앉아 빨래하기를 좋아한다. 돌로 된 빨래판에 빨랫감을 올려놓고 방망이로 톡톡 툭툭 두드리면 절로 신이 난다. 게다가 빨래가 얼마나 깨끗하게 되는지, 세탁기에 비할 바가 아니다. 그리고 그 빨래가 마당의 빨랫줄에서 햇볕과 만나 팽팽하게 긴장을 하며 고들고들 말라가는 풍경이란.

다. 아마 15년은 되었을 장아찌는 아직도 짱짱했다. 색이 검어졌을 뿐 아삭아삭한 식감은 그대로였다. 이만하면 자랑할 만하지 싶다.

이 우물물의 근원은 어디일까.

지리산 반야봉에서 뻗어온 산줄기는 삼도봉을 지나 불무장등과 통꼭봉을 거치며 독립된 산처럼 황장산을 불뚝 만들었다. 그 능선이 전라남도와 경상남도의 경계를 이룬다. 그 산줄기는 계속 흐르다가 화개장터 부근에서 섬진강으로 풍덩 빠지는데, 그 황장산 산줄기의 곁가지 끝에 내 집은 자리 잡고 있다. 그러니 우리집 우물물의 근원은 아마도 황장산일 것이다. 어쩌면 반야봉이나 삼도봉일 수도 있다. 그 봉우리의 물이 땅 속으로 가느다란 길을 만들어서 우리 집까지 이르게 된 것이리라.

수량은 일정하지 않다. 비가 많이 오면 넘치지만, 많이 가물어도 거의 마르는 법이 없다. 보통은 어느 정도의 물이 항상 흘러서 살짝 넘치며 새로운 물을 받아낸다.

이 우물은 여름에 가장 진가를 발휘한다. 에어컨은 물론 선풍기도 없는 나는, 날이 많이 더우면 우물물 한 바가지를 몸에 끼얹는다. 그러면 당장 더위가 저 멀리 떠나간다. 그냥 대야에 물을 떠서 발만 담그고 있어도 시원하다.

정말 못 견디게 더울 때면 방법이 있다. 큰 물통에 우물물을 가득 받아놓고는 그 물통 속에 들어가 앉는 것이다. 10분만 있어도 몸은 시원하다 못해 으스스 춥기까지 하다. 나에게 꼭 맞는 피서법이다.

집이 주인을 기다렸다는 말을 많이 듣는데, 사실이라고 믿고 싶다. 우물 역시 주인을, 그러니까 나를 기다렸다고, 내멋대로 나는 믿는다.

우물 위 바위틈에 오래된 차나무가 자라고 있는데, 그것 역시 보물이라 할 만하다. 언제부터 그 바위틈에서 자랐는지는 전 주인도 모른다고 한다. 그 열악한 곳에서 살아내느라 엄청 힘겨웠을 그 차나무는 그러나 멋있다.

모든 나무들이 그렇듯이 이 오래된 차나무는 참 아름답다. 몇 년 동안은 그 차나무에서만 딴 찻잎으로 차를 만들어본 적이 있다. 그 맛은, 정말 황홀했다는 말이 부족하지 않았다. 지금도 그 맛이 잊히지 않는다. 한동안 차를 덖지 않았는데, 다시 차를 덖게 되면 또다시 그 차나무의 잎만으로 차를 만들 것이다.

차꽃은 더위가 한물가는 9월에 접어들면서 피기 시작한다. 그때부터 날씨가 추워서 차꽃이 얼 때까지 피고 지고 또 핀다. 차나뭇잎 아래 숨어 피는 관계로 눈에 잘 띄지 않지만, 하얀 꽃잎에 노란 꽃술로 치장을 한 차꽃은 소박해 보이면서도 품위가 있다.

차나무는 동백과인가? 그래서인지 차꽃도 동백꽃처럼 통째로 툭 떨어진다. 아침에 우물가에 가보면 밤사이 뚝뚝 떨어진 차꽃이 우물 위에 둥둥 떠 있다! 내 입에선 저절로 감탄이 나온다. 자연이 아니고는 그 누구도 만들어낼 수 없는 최고의 예술작품인 것이다. 조그만 우물에 둥둥 떠 있는 차꽃과 한 풍경으로 우물에 내려온 하늘이라니.

우물 안 하늘을 배경으로 차꽃은 떠 있는데, 그 수면에 불쑥 내 얼굴을 들이밀어본다. 그러면 나도 우물 안으로 들어가버린다. 재미있다. 하늘과 구름과 차꽃과 내가 한 공간에 담겨 있으니, 마치 작은집에 사는 한 식구 같다.

겨울로 접어들면 이제는 차 열매가 떨어지는데, 이 열매는 올해 것이 아니라 작년 것이다. 그러니까 차나무는 꽃과 열매를 함께 피우고 맺는다. 올해 핀 차꽃은 내년에 열매를 맺어서 떨어질 것이다.

차나무에서 독립한 열매 중 일부는 역시 우물로 떨어진다. 우물에 떨어진 차 열매는 한동안 우물물 위에서 유유히 물놀이를 하다가 가라앉거나 내가 건져올리기도 한다. 차꽃과 차열매가 시차를 두고 내려와 놀다가고는 하니, 우물은 심심하지 않을 것이다.

가끔 가재가 물 따라 내려와 한동안 놀다 가기도 한다. 또 황금색을 띄고 있어 내가 금개구리라 부르는 친구도 가끔 왔다가는 어디로 가는지 사라지곤 한다. 이 녀석은 모든 개구리들이 다 겨울잠을 자는 시기에 나타난다. 나는 혹시나 얼어 죽을까 안타까워 하지만, 손 쓸 방법은 없다. 아침에 나가보면 우물 한 구석에서 쪼그리고 앉아 있다. 거기서 밤을 새운 듯하다. 아마 우물물이 따뜻해서 견딜 만한가 보다. 그러다가 어느날 사라진다. 겨울인데 그 개구리는 어디로 갔을까. 어딘가 보금자리가 있을 테지.

우물은 때로 나뭇잎 배도 띄워놓는다. 그렇게, 오는 것도 막지 않고 가는 것도 잡지 않는 무념의 경지를 우물은 보여준다.

그래서 우물은 나의 도반이다. 우물을 보며 배운다. 퍼내도 퍼내도 금방 다시 그만큼 채우고는 시치미를 뚝 떼고 아무 일도 없었다는 듯하는 그 태연함이라니.

고마운 나의 보물 1호, 향천!

풀 잔치

봄이 오면, 날씨가 포근해지고 겨우내 움츠리고 추위를 견딘 생명들이 기지개를 켜며 세상을 나오면, 이른 꽃이 피어나고 풀들이 땅을 들어올리며 세상 구경을 할 때면, 나는 조금 바빠진다. 어디에 무슨 풀이 올라왔는지를, 올해는 어떤 풀이 대세인지를 찾아보는 것 때문이다.

내가 미처 봄을 느끼기 전부터 마당에는 수런거림이 있는 듯하고 약간 들썩이는 듯도 하다. 출산을 앞둔 산모처럼 푸석해 보이는 흙 마당은 곧 무수히 많은 생명들을 탄생시킨다. 이것들이 자라면 어떻게 될지는 다음 문제이고 당장은 반갑고 예쁘다.

겨울에도 풀은 있다고는 하나 엽록소가 빠진 상태라서 보라색이나 노란색을 띠고 있는 것이 보통이라, 연두나 초록의 풀들을 거의 만나지 못하다가 뾰족하게 세상을 뚫은 연두라니. 지구라도 들어올릴 뜻한 그 연약한 강인함이라니.

그 여린 생명들을 자세히 보면 거의 많은 어린 싹은 합장을 하며 태어난다. 두 손을 모은 듯한, 세상에서 가장 겸손하고도 정중하다고 할 수 있는 자세인 손 모음. 그들의 전략이야 달리 있겠지만 그렇게 보이는 것은 나쁘지 않다. 그 연약한 생명이 땅을 들어올리고 세상에 나오려면 그런 자세가 필요한 것이다. 몸을 최대한 작게, 그리고 최대한 공손하게.

땅을 뚫고 올라오는 새싹뿐만 아니라 나무의 새순도 그렇다. 그들도 합장을 하고 태어난다. 작고 작은 손 모음의 정중함이란. 그래서 저절로 같이 합장을 하게 하는 힘이 있다.

그럴지라도 나는 풀을 먹고 살아야 하는 인간이고, 그들의 일부는 나의 양분이 될 것이다. 풀들이 합장을 풀고 속잎이 나오며, 점점 몸을 키운다.

날씨가 추우면 몸을 키우는 것을 멈추고 가만히 있다가도, 기온이 올라가는 것과 동시에 몸은 쑥쑥 자란다. 위대한 생명력이다.

주로 남들에게 신세를 많이 지고 사는 편인 나는 나름의 방식으로 고마움을 전하는데, 그것은 다름이 아니라 봄에 주변에서 캐온 풀로 잔치를 하는 것이다. 앞마당과 뒷마당, 뒤 차밭, 채마밭, 그리고 산에 들에 지천으로 올라오는 풀들을 뜯어서 친구들과 봄을 나눠 먹는 것이다.

새봄 가장 빨리 올라오는 풀들이 그것들인데 머위, 돌나물, 쑥부쟁이, 민들레, 참나물, 신선초, 달래, 냉이, 씀바귀, 쑥, 그리고 채마밭에서 겨울을 났거나 다시 올라온 부추, 고수, 상추, 배추, 시금치, 갓 들이 있다. 조금 더 지나면 취나물, 더덕 순, 방아잎 들이 있으며, 사월 중순으로 접어들면 나무에서 나오는 나물까지 더해진다. 나무의 나물로는 두릅을 비롯해서 엄나무, 가죽나물, 초피잎 등이 있다. 대나무밭에는 죽순이 무수히 올라온다.

그때 즈음이면 풀들은 많이 자라 있어 채취하기가 수월하다. 중요한 건 그 모든 것이 내 집 마당을 비롯한 주변에 있다는 것이다. 부족한 것은 없다. 넘치게 많지도 않다. 꼭 필요한 만큼 있는 것이다. 그야말로 자급자족이다.

풀 잔치를 할 때 장에서 사는 것은 두부 정도다. 그 이외 모든 것은 있는 것만 쓴다. 돈을 들이는 잔치가 아니라 자연에서 얻는 것만으로 한 해 몇 바탕씩 잔치를 벌이는 것이다.

돈은 들이지 않고 어떤 음식보다 기운 넘치는 음식을 대접할 수 있어서 나는 너무 좋다. 내 마당에는 돈으로는 살 수 없는 귀한 풀들이 자라고 있기 때문이다. 남들이 보면 그냥 풀인 것이 내게로 와서 귀한 나물이 되는 것이다.

처음에 채취한 풀들은 주로 생으로 먹는다. 부드럽고 연해서 생으로 먹어야 더 좋다. 무엇보다 연한 순은 독이 거의 없다고 한다.

된장을 뽀글뽀글 끓이고 고추장도 내고 달래장과 고수장을 만들어서 밥과 함께 비비면 봄이 한 가득 잎으로 들어온다. 싱싱한 땅 기운과 함께 온갖 봄 향기와 봄맛이 고스란히 몸으로 들어오는 것은 황홀한 느낌이다. 겨울 동안 움츠렸던 몸이 와! 하고 생기 넘치게 살아나는 느낌이다.

실제로 겨울 동안 별 활동 없이 살며 부족한 햇살과 추위로 다들 조금씩 우울감을 느끼며 살다가 봄은 왔고 날씨는 따뜻하고 오랜만에 모여 그 동안의 근황도 주고받으며 함께 먹는 밥은 그것만으로도 좋은데 봄을 먹기까지 하니 다들 좋아한다. 봄풀의 생기가 당장 느낌으로, 표정으로, 목소리로 나타난다. 그러면 나는 뭔가를 했다는 느낌으로 뿌듯하다.

초봄에 나오는 첫 부추는 사위도 안 준다는 말이 있을 정도나. 어디 첫 무추뿐이겠는가? 모든 첫 나물이 그렇다고 본다.

실제로 그 나물밥을 먹고 그동안 쇠했던 기운을 찾았다는 인사를 몇 번이나 받고 보니, 그리고 모두들 행복해 하는 것을 보니, 많은 사람들에게 먹이고 싶었다.

이 사람, 저 사람, 그 동안 신세진 사람, 꼭 먹이고 싶은 사람, 우연한 인연으로 알게 된 사람, 몸 또는 마음이 아픈 사람 등, 헤아릴 수 없이 많다.

그래서 나는 봄만 되면 바쁘다. 풀들이 어릴 때는 손이 많이 가지만 풀이 자라면서는 손도 썩 많이 가지 않고 일의 요령도 터득해서 쉬워지기는 해도, 그래도 일은 많다.

하루 종일 손이 까맣게 타도록 쪼그리고 앉아서 풀을 뜯고 다듬고 씻고 하자면 힘이 들기도 한다. 그래도 사람들에게 봄을 선사한다는 사명감에 부지런히 움직인다.

몇 년을 거듭 하다보니 그 동안 한번 먹어본 사람들은 다시 나의 봄을 기다렸다. 아니 봄을 기다렸다기보다, 봄나물을 기다렸다. 해가 거듭 될수록 내 봄을 먹는 팀은 늘어났다. 한해에 열 팀 정도가 나의 봄나물을 먹는 것 같다. 처음 시작할 때는 두세 팀 정도였는데 자꾸 불어나고 있다.

소문도 났을 것이다. 나야 기왕 나누는 거, 좀더 많은 사람이 먹으면 더 좋겠다. 나물밥 한 끼로 위안이 될 수도 있고, 위로가 될 수도 있고, 보약이 될 수도 있을 것이다.

한해에 한두 번은 나물을 갈무리해서 서울로 간다. 우리 형제들과 모여 봄나물을 먹기 위해서인데, 우리 형제의 연중행사 중 하나다. 모두 풀을 많이 좋아해서 만든 행사로, 내가 가족에게 할 수 있는 유일한 일이기도 하다.

그때는 지리산이 너무 멀어서 못 오는 친구들의 몫을 챙겨가기도 한다. 아직 봄이 오지 않은 북쪽 서울에서 지리산의 봄을 만나고는 모두 행복해한다.

올해는 사정이 있어서 매년 하던 풀 잔치를 못했다. 초봄 풀이 아주 어릴 때 조금 장만을 해서 몇몇 명과 함께 하기는 했지만 많이 서운했다.

미국 장기 트레일인 PCT 일정이 갑자기 앞당겨 잡히는 바람에 나물을 기다리는 사람도 서운해 했고 나물을 먹여야 하는 나도 서운했다. 그래도 시기적절하게 찾아 온 손님은 운 좋게 여린 풀을 먹을 수 있었다.

양이 너무 적어서 나물밥을 하기에는 부족해서 샐러드로 낼 수밖에 없었다. 그렇게라도 하고 떠날 수 있어서 마음이 좋았다.

한 달여 동안 매일 30킬로미터 이상씩 PCT 길을 걷고 걷다가 녹초가 돼서 집에 돌아오니 마당의 풀들은 무성한 정도를 넘어 꽃이 피고 지고 씨앗이 떨어져서 또다른 생명을 탄생시키고 있었다. 나무 나물들도 이제는 나물이 아니 '잎'이 되어 펄럭이고 있었다.

내가 없을 동안 내 집에 기거하는 중생의 말은 가관이다. 마당의 그 무성한 풀들을 내가 키우는 것이라 뽑지 않았다고 한다. 도시 것이라 몰라도 한참 모른다. 하기는 그 말도 틀린 말은 아니다. 내가 키우지는 않지만 한동안은 애지중지하며 아끼니까.

하지만 나물 시기가 지나면 뽑아야 할 '그냥 풀'로 전락하는 것이다. 풀로 변한 나물은 이제 나의 동지가 아니라 적이 되는 것이다.

내가 언제 그리 어여삐 하며 아꼈나 싶게 뽑고 만다. 풀과의 전쟁이 시작되는 것이다. 뽑아도 뽑아도 금방 다시 나오는 위대한 생명력은 더 힘을 키워서 내년 봄에 또 나의 보물로 세상을 나올 것이다. 그럴지라도 당장은 보기에도 좋지 않고 생활하기에도 불편해서 뽑고 또 뽑을 수밖에 없다. 물론 다 뽑히는 것은 아니라 아직도 소용이 되는 것들, 즉 내 먹이가 되는 것들은 남겨진다. 그렇게 남겨진 풀들은 추위가 오고 서리가 내릴 때까지 내 먹이로 뜯기는 와중에도 꽃을 피우고 씨앗을 영글어서 세를 넓히기에 여념이 없다.

지독한 놈들이다. 또한 사랑스러운 놈들이다. 나와 풀과의 관계는 그런 관계다. 애증 관계. 그래도 고맙다. 봄만 되면 어김없이 세상을 나와서 나와 내 주변 사람들에게 봄을 선물하니까. 봄맛을, 봄 향기를, 봄기운을 온몸으로 선물하니까.

농부 엄인주

시골에 온 지도 어느덧 27년으로 접어든다. 그런데 아직 농사다운 농사를 지어보지 못했다.

이제는 옛말이기는 하지만 "쌀농사를 지어야 참농부"라고 하는데, 쌀농사는커녕 밭농사도 별로 없이 겨우 채마밭 가꾸는 정도라서 나는 농촌에 살면서도 농부도 되지 못했다.

특별히 하는 일도 없이 산에만 다니는 사람으로 보이는 것 같아, 농번기 때는 대문을 나서기가 민망할 때도 있다. 외딴 집이라 조금 나은 편이기는 하지만, 길가 밭에서 열심히 일 하시는 농부들께 괜히 송구해서 가능하면 빠른 걸음으로 그곳을 벗어난다.

내가 가꾸는 밭은 남들이 봤을 때 밭이랄 것도 없을 정도로 손바닥만 한데, 그것조차 풀밭일 때가 많다. 그래도 여기서 나오는 작물은 내가 먹기에 충분하다. 오히려 남아돌기도 한다. 어쨌든 부식은 밭 이외에도 산과 들에 먹을 것이 지천이라 뜯어 먹으면 되지만, 주식인 쌀은 그렇지 않다. 쌀농사를 지으려면 논이 있어야 한다. 나는 논이 없다.

그런데 내 친구 중에 한 사람은 논을 가지고 있고, 물론 쌀농사도 짓는다. 귀농이라 해야 할지는 모르지만 어쨌든 그는 농부니까 귀농이라 해도 무방하겠다.

그는 구례로 이사 오면서 때 맞춰 논을 사게 되었고, 그래서 농부가 되었다. 세 마지기라던가? 한 300여 평 된다는 것 같았다. 자리도 기가 막히게 좋아서 동네 어르신들이 항상 모여서 시간을 보내는 정자 바로 옆이다. 복도 많다. 그의 시답잖은 농사는 그래서 항상 동네 사람들의 입질에 오를 것이다.

도시에서 나고 자란, 그때까지 공부만 해온, 아직도 여전히 공부하는 그는 자타가 공인하는 '웃기는 농부'다. 논이라고 해봐야 겨우 하나인데, "태평 농법"이니 "우렁이 농법"을 한다고 논을 방치하다시피 한다. 벼가 들쭉날쭉할뿐더러, 어느 해는 벼보다 피가 더 많아 보일 때도 있다. 안 그래도 심심한 동네 어르신들께 관심거리를 제공하는 착한 농민이다. 아마도 호기심이 반, 안쓰러운 마음이 반이었을 터다.

그렇게 마을 사람들의 호기심을 계속 자극하며 해를 거듭하더니, 드디어는 앞으로 모내기를 손으로 하겠단다. 모를 손으로 심겠다고 하니 난리가 났다. 30분이면 기계로 후딱 심을 수 있는 것을 왜 하루 종일(어쩌면 이틀) 한다고 하는지 동네사람들은 이상하다고 수근거린다.

사람들이 뭐라 하든 말든 일은 진행되었고, 가깝고 먼 곳의 친구들이 동원되었다. 시골 출신인 사람이 몇 명 있었고, 무슨 일이든 닥치기만 하면 척척 해내는 일머리 좋은 사람도 있었다. 반면 모를 처음 심어보는 사람도 있었고, 심지어 모내기 자체를 처음 보는 이도 있었다. 아무튼 평소 만나기 힘든 친구들이 모내기 한다고 만나서 덕분에 신들이 났다. 다들 농주 한잔씩 들이키고 우우 논으로 들어간다.

하하 호호, 아닌 들에 웃음꽃이 만발이다. 못줄이 넘어가고 내가 잘 하네, 네가 잘 하네, 모가 심기는지 말이 심기는지, 한 바탕 떠들썩하다. 누군가는 진흙 논에 엉덩방아를 찧고, 옆사람이 진흙 묻은 손으로 일으켜주면서 실수인 척 그이 얼굴에 진흙을 바르자 논은 한바탕 웃음바다가 된다. 일인지 놀이인지 분간도 안 가고 재미있다. 좀 지나니 차츰 손발이 맞아가고, 누군가 선창으로 노래를 부르면 이어서 합창으로 이어진다.

힘든 사람은 잠시 논을 나와 정자에서 쉬었다 다시 들어오고, 한 사람이 빠지면 옆 사람이 표 내시 않고 소금 너 많이 심고, 일이 서툰 사람은 서툰 대로, 손이 빠른 사람은 또 빠른 대로, 얼씨구 지화자 하면서 모를 심는다.

반 정도 심었을까? 다른 정자에서 저것들이 어쩌나 보자는 듯 나서지 않고 우리들 하는 짓을 엿보던 동네 분들이 다리를 걷어붙이고 논으로 들어온다. 우리 하는 짓이 재미있어 보였나, 아니면 답답하고 딱해 보였나. 지난날 무수히 했던 일인지라 '손맛'이 그리웠는지도 모르고, 아니면 자신들이 얼마나 잘 하는지 보여주고 싶었는지도 모른다. 어쨌든 그렇게 함께 어우러졌다.

동네 사람들이 논에 들어오자 우리는 모두 소리 높여 환영했

하하 호호, 아닌 들에 웃음꽃이 만발이다. 못줄이 넘어가고 내가 잘 하네, 네가 잘 하네, 모가 심기는지 말이 심기는지, 한바탕 떠들썩하다. 누군가는 진흙 논에 엉덩방아를 찧고, 옆사람이 진흙 묻은 손으로 일으켜주면서 실수인 척 그이 얼굴에 진흙을 바르자 논은 한 바탕 웃음바다가 된다.

고, 그들 또한 목소리를 높여 화답했다. 완벽하다. 비로소 동네 주민으로 인정받는 순간이 아닐까 싶다. 동네 사람들과 아리랑을 함께 부르며 어깨춤을 덩실덩실 추는 동안 일은 끝나버렸다. 어디 논 하나 더 있어도 순식간에 해치울 수 있을 것 같았다.

일은 조금 하고 먹기는 엄청 먹는다. 밥, 고기, 떡에 막걸리, 부침개, 과일, 정신없이 먹는다. 후식으로 차까지 마시니 세상 다 가진 듯 기분이 좋다. 농주가 과한 친구는 정자 한쪽 구석에 누워서 낮잠을 자고, 아직도 흥이 남은 몇 명은 본격적으로 놀기로 한다. 고무통을 엎어서 상구와 북을 민들이 두드리고 노래하고 춤추고 신나게 논다. 동네 조무래기들도 몰려온다. 아이와 어른이 한데 뭉쳐서 논다. 내지인, 외지인 경계도 없다. 동네 어르신들도 신이 났다. 막춤, 고고춤, 옛춤, 최근 유행춤, 마음대로 흔든다.

멋진 놀이였다. 각본 같은 것 없이 저절로 어우러진 진짜 축제였다. 작은 일이지만 함께 마음을 모으고 함께 손을 모으고 함께 입을 모으니 이렇게 큰 일이 되기도 하는구나. 참 멋진 일이다.

가을이 되자 친구는 그렇게 심어 기른 벼를 수확해서 현미로 도정하여 한 자루 가져왔다. 햅쌀밥을 해서 같이 먹었다. 맛이야 말할 것도 없고, 밥알 한톨 한톨이 보석 같다. 아니, 같은 게 아니라 그냥 보석이다. 반짝이기까지 한다. 흙과 해와 물과 바람과 공기, 달과 별 그리고 약간의 사람의 손길, 동네 어르신들의 호기심과 어깨춤과 환호 등이 모여 탄생한 영롱한 보석이다.

친구는 한동안 바쁠 거라며 난리다. 자기가 농사지은 자랑스러운 쌀을 이곳저곳 아는 사람들에게 보내야 하기 때문이다. 너무나 귀한 쌀이라 돈을 받고 팔기가 아까워서 팔 수가 없단다. 그냥 나눈다. 자기가 농사지은 쌀을 꼭 먹이고 싶다며 미국에 사는 지인에게 보내기도 한다. 우편료가 쌀값의 20배였단다. 먼 이국땅에서 그 쌀을 받고 얼마나 감동했을 것인가.

과연 그 쌀은 귀하다. 거름도 비료도 없는 땅에서 살아내느라 얼마나 애를 썼는지, 쌀이 돌처럼 단단하다. 맛은 더 단단하다. 그 쌀을 먹는 사람은 복 받은 사람이다.

그리고 나는 그 웃기는 농부가 부럽다. 농부니까. 쌀농사를 지으니까.

오늘 쌀을 나누며 뿌듯해하는 그의 표정이 부럽다. 농부만이 지을 수 있는 표정이다.

새벽에 도정한 쌀을 나눠주고 그는 또 공부하러 갔다. 공부를 너무 좋아하는 웃기는 농부다. 웃기는 농부지만 그 농부가 옆에 있어서 너무 좋다. 고맙다. 올 한 해도 그가 준 보물을 양식으로 잘 챙겨 먹고 잘 살 것이다.

그 친구는 지우 엄인주다.

나의 겨울 이야기

요즘 세상은 계절에 상관없이 뭐든지 구할 수 있지만, 시골에서는 그래도 겨울 준비가 필요하다. 그 중 가장 중요한 게 땔나무다. 아궁이와 난로에 불을 때고 살아야 하니 겨울 준비의 첫 번째가 될 수밖에 없다. 그래도 이제는 된장을 하지 않아서 메주 쑤고 메주 띄우고 하는 일이 없으니, 예전보다는 땔나무가 그렇게 많이 필요하지는 않다.

그 다음은 텃밭의 모든 작물을 갈무리하는 것이다. 서리가 내리기 전에 고추를 따고 고춧대 뽑고 조금 더 추워지면 얼기 전에 무 뽑아서 일단 밭에 구덩이를 파고는 무를 묻어둔다. 그렇게 묻은 무는 일부는 김장을 하고 나머지는 3월 전까지 겨우내 하나씩 꺼내 먹는다. 3월이 지나면 이제 무는 바람이 들어서 맛이 없어진다.

조금 더 추워지고 김장을 해야 하면 그제서야 배추를 뽑고 묻어둔 무를 김장에 쓸 만큼만 꺼내온다. 그리고 김장을 하는 것이다. 배추는 어느 정도 추위를 이긴다. 밤에 추우면 얼었다가도 낮에 해가 비치면 다시 살아난다. 하지만 무는 영하의 날씨를 견디지 못한다. 얼어버린 무는 믹지 못한다. 그래서 무는 미리 뽑아서 묻어두는 것이다. 요즘은 그렇게 하는 집이 드물지만 예전엔 다 그랬다. 지금은 나 혼자이니 굳이 김장을 하지 않고도 겨울을 날 수가 있다. 여기저기서 내 몫의 김장을 해서 보내주는 친구들이 여럿 있다.

그러고 보니 땔나무의 소요량은 사람이 더 있거나 없거나 차이가 없는데, 먹거리는 사람 수대로 비례한다.

무와 배추를 거둔 밤에 겨울을 견딜 씨앗을 뿌린다. 주로 상추, 시금치, 고수들인데 이 친구들은 겨울에 심었는데도 날씨가 따뜻한 날에 세상에 나온다. 그러고는 천천히 자란다. 추운 날은 그냥 자라기를 멈추고 가만히 견딘다. 너무 추우면 더러 얼기도 한다. 그러면서 봄을 기다린다. 추위를 견디며 봄을 바라고 살아내야 하기 때문에 겨울을 나는 식물의 뿌리는 길다. 그만큼 뿌리를 땅속 깊이 내려야 하기 때문이다.

이 친구들은 초봄부터 밥상으로 올라온다. 겨울을 견뎌낸 이 친구들 덕분에 밥상에는 땅기운이 듬뿍 올라온다.

훌륭한 양식이다. 농사도 다른 것보다 쉬운 것이, 겨울에는 잡풀이 나지 않으니 풀 뽑을 일도 없기 때문이다. 게다가 벌레도 없으니 벌레에게 빼앗길 염려도 없다. 겨울을 견디는 녀석들이라 에너지도 많고, 맛 또한 좋을 수밖에 없다. 정말 대단한 작물이고, 내가 가장 잘 짓는 농사이기도 하다(내가 잘 짓는다고 큰소리칠 수 있는 건, 손이 많이 가지 않기 때문이다).

기온이 영하로 떨어지기 전에 수도를 손보는 것도 중요한 일이다. 나는 주로 우물물을 사용하지만, 그래도 집안으로 들어오는 물은 동네 간이상수도에서 보내주는 물이다.

계량기를 헌옷이나 이불로 감싸고 큰 광주리를 엎어놓는다.

처음 이사 와서는 이걸 잘 몰라서 계량기가 몇 번 터졌다. 그 뒤로 이 방법을 쓰니 더는 얼어터지는 일은 없었다. 수도꼭지는 별다른 방법이 없다. 추운날 밤에는 그저 수돗물을 조금 틀어둘 뿐이다.

그 다음에는 양식을 장만하는 일이겠으나, 이게 요즘 세상에는 아무 때나 구할 수 있으니 꼭 겨울준비라고 할 수도 없다. 그래도 가을이 지나고 겨울이 온다고 농사짓는 친구가 쌀 한 가마니 싣고 와서 턱 부려놓고 간다.

보기만 해도 배가 부르다. 고구마 농사 짓는 친구는 고구마를, 감 농사 짓는 친구는 감을, 사과농사 하는 친구는 사과를, 제주에 사는 친구는 귤을 보내온다. 그뿐인가? 멀리서 돼지를 치는 친구는 돼지고기를, 수산물 유통하는 친구는 고등어 김, 재첩을, 청국장 하는 친구는 청국장을 가져온다. 차고도 넘친다. 겨우내 먹고도 남는다.

이만하면 겨울 준비는 된 것 같다.
이제는 메주와 김장을 하지 않으니 별로 일이 없다. 지난날 메주를 띄울 때는 거의 한달 정도 메주 방에 불을 넣어야 해서 일이 많았는데, 그 많던 일이 없어진 것이다.

그밖에 사소하지만 혼자는 할 수 없는 일 몇 가지가 있다. 문 바르기와 난로 연통 청소 등이다. 이 일은 미룰 수 있는 만큼 미루기도 하고, 친구들의 도움으로 금방 해결되기도 한다.

겨울에는 새벽에 나오면 춥다.

온돌은 방바닥은 따뜻해도 실내 공기는 찬 편이다. 난로에 불 씨가 남아 있으면 불을 먼저 살리기도 하지만, 그냥 산으로 가는 경우가 많다.

처음 출발할 때는 몸이 떨리고 춥지만, 금세 체온이 올라가면서 땀이 난다. 나는 혼자 산에 갈 때는 가능하면 양껏 걸어서 땀을 조금 흘린다. 다른 사람들과 함께 갈 때는, 특히 숲길걷기 수업을 하는 경우에는, 상대에게 맞춰야 하니까 내 양껏 못 걷는 경우가 많다. 그래서 혼자 갈 때는 내 보폭대로 걷는 것이다.

겨울에 산에서 흘리는 땀은 정말 개운하다. 추운 실내에 있기보다, 운동도 하고 명상도 하는 아침산행이 내게는 축복의 시간이다.

산에서 내려와서 아침 겸 점심을 먹고, 겨울에는 별일이 없으니 햇볕이 나는 날은 햇볕 바라기를 한다. 해가 없는 날은 난로 옆에 붙어서 소일한다.

사람도 겨울잠을 잤으면 좋겠다는 생각을 한다. 가능하면 겨울잠에 준하게, 적게 움직이고 적게 먹으며 살고 싶다. 그러나 요즘 세상이 어디 그런가. 먹을 건 넘쳐나고, 밤에도 전기가 환하니 움직일 일이 많다. 내가 보기엔 결코 좋은 세상이 아니다.

나 말고 겨울나기를 내 집에서 하는 생명이 있다.

이름도 모르고 본 적도 없는 새가 내 집에서, 그것도 내 방문 앞에서 자고 간다. 아마도 내 방문 앞이 다른 곳보다 조금 온기가 있는 모양이다. 자고 가는 건 좋은데, 이 녀석들은 자면서도 똥을 싸는지, 아침에 나가보면 하얗고 까만 똥이 여기저기 있다. 매일 새똥을 치우는 것도 겨울 동안은 일상이다.

무슨 새인지는 모른다. 이놈들은 내가 잠들면 왔다가 잠이 깨면 가버리는 것이다. 똥만 남겨놓고.

겨울 준비가 끝난 나는 이제 눈을 기다린다. 눈이 오면 눈 쌓인 산을 가고 싶기 때문이다. 그 산을 원 없이 걷고 싶기 때문이다. 눈 위를 걷고, 눈 위에 모닥불을 피우고, 눈 위에서 자고, 눈 녹인 물로 밥을 해 먹고 싶기 때문이다.

지난날 눈 위에서 흘린 땀과 눈 위에서 흘린 눈물은 이제 잊은 것인가? 이제는 지난날처럼 그렇게 치열한 눈 산행은 못 하겠지만, 그래도 할 수 있을 만큼은 하고 싶겠기에 오늘도 눈을 기다린다.

난로

시골은 겨울이 길다. 그렇게 느껴진다.

난방 문제 때문인데, 도시처럼 중앙난방도 아니고, 도시가스가 있는 것도 아니라 오직 개인이 자기가 선택한 방식으로 난방을 해야 하는데, 나무로만 난방을 해야 하는 나는, 날이 갈수록 나무가 줄어드는 것이 눈에 보이니까 그런 것 같다.

10월이 되면 집안이 바깥보다 더 서늘해진다. 그러면 방에 불을 때야 하는데, 한 이틀에 한번이나 사흘에 한 번씩 불을 때다가, 11일경부터는 매일 방에 불을 때야 한다. 4월말 정도까지 매일 때다가 5월로 접어들면 하루씩 건너뛰고, 6월 정도부터 9월까지는 그냥 불을 때지 않고도 살 수 있다.

시골식 옛집인 내 집은 방한 시설이라고는 없는 그냥 흙벽이고, 벽도 그리 두껍지 않고 사이사이 틈도 있어서 겨울에는 외풍이 세다. 도시 사람들이 오면 방바닥이 아무리 따뜻해도 외풍 때문에 와들와들 떤다. 요즘 사람들은 겨울에도 실내에서는 반팔 차림으로 산다고 하는데, 내 집은 집안이나 밖이나 온도 차이가 별로 나지 않으니 그럴 수밖에.

나는 비교적 춥고 덥고를 잘 견디는 편이라 그 동안은 견딜 만했다. 더울 때는 여름이니까 당연히 덥겠거니, 추울 때는 겨울이니까 추운 것이 마땅하려니, 하며 계절에 잘 순응하며 살았다.

그런데 내가 나이를 먹었나? 아니면 지난날 겨울 동안 너무나 많은 눈밭을, 얼음 위를 돌아다닌 탓인가? 유난히 겨울 산을 좋아해서 많은 날을 눈 위에서 천막을 치고 살았고, 얼음에 매달려 있는 시간 또한 많았다. 그랬는데 어느 날 나를 보니 추위를 타는 사람으로 변해 있었다. 물론 남들보다 특별히 더 그런 건 아니지만, 추운 것이 예전만큼 좋지 않았다. 날이 갈수록 집 안이 너무 추운 것이 싫었다. 자꾸 움츠리고 있는 것도 싫었다.

그동안 집이 너무 좁아서 난로 놓기를 망설이다가, '조심하면서 사용하면 되지' 싶어서 난로를 하나 들였다. 공간이 너무 비좁아서 그동안 자리를 지키던 책장은 사랑방으로 옮기고 좁힐 것 좁히고 겨우 난로 놓을 공간을 만들어서 자리를 잡고보니, 그런대로 멋도 있었다. 친구들 도움으로 창을 뚫어 연통이 나갈 수 있게 하고, 연통 설치하고, 내친김에 불까지 넣어보니 순식간에 공간이 훈훈해졌다.

정말 따뜻했다. 이렇게 좋은데 왜 진작 못했을까? 억울할 정도였다. 난로 하나로 삶의 질이 한 단계 올라가는 느낌이랄까?

가구가 하나 새로 들어왔으니 나름의 장식과 실용을 생각하며 난로 밑에 잘 생긴 자갈을 깔았다. 보기에도 괜찮고, 불기운이 너무 세지는 걸 차단하기도 할 것 같았다. 난로 위에는 항상 물 주전자를 얹고, 그 옆에 또다른 돌들을 올렸다. 그 돌들은 불을 때는 동안 항상 따뜻하게 데워져서 언제 누가 만져도 따뜻함을 전해줄 보물들이다.

모양은 다양해서 약간 넓적한 것도 있고 둥근 것도 있다. 좀 큰 녀석은 공룡 알, 그 다음은 타조 알, 그보다 작은 건 오리 알 같다. 크기와 모양이 다른 검은 돌들이 난로 위에 올려 있으니 한 풍경 했다.

실제로 겨울에 내 집에 오는 사람들은 누구나 다 그 돌들을 재미있어 한다. 집어서 만져보기도 하고, 손으로 감싸쥐기도 한다.

난로에서 자연스럽게 달구어진 돌을 만지면 정말 기분이 좋아진다. 몸뿐만 아니라 마음도 따뜻하게 해주는 것은 물론, 어디 아픈 곳이 있으면 치료도 될 것 같은 느낌이다. 실제 치료가 되기도 하리라는 생각이다.

따뜻한 난로 옆에서 따뜻한 돌을 안고 따뜻한 차를 마시며 눈 오는 바깥 풍경을 바라본다. 마음이 편안해진다. 몸과 마음이 함께 위로받는 느낌이다.

추운 날 손님이 오면 나는 우선 난로 위의 돌을 하나씩 안기고 본다. 잘 데워진 돌은 언 손을 녹여준다. 돌이 너무 뜨겁다 싶으면 수건에 싸서 주기도 한다. 나로서는 최고의 환영법이다.

난로 위에서 차 주전자가 뽀글뽀글 소리를 낸다. 향긋한 차향이 은은하게 실내로 번진다. 나무 타는 냄새와 어우러져서 아늑한 느낌까지 준다. 난로의 미덕은 참 가지가지다.

내 집에 온 난로는 장점이 많다.

일단 나무가 많이 들어가지 않는다. 밑불이 있을 때 큰 통나무 하나 넣어두면 하루 종일 간다. 어떤 때는 이틀 정도 집을 비웠다가 돌아와도 아직 불씨가 살아 있다.

그리고 연소가 잘 돼서 재가 거의 나오지 않는다. 겨울 한 철지나고 나서 한번 치워주면 그만이다.

불을 처음 피울 때도 쉬운 편이다. 조금의 불쏘시개만 있어도쉽게 올라붙는다. 물론 이는 내가 불을 잘 지피기 때문인 것도있다. 나는 불을 잘 피우는 재주가 있다. 어려서부터 시골에서불을 피우며 살았고, 산에 다닐 때 야영하면서도 숱하게 모닥불을 피워봤다. 1990년대 초 백두대간을 할 때도 매일 모닥불을 피웠다. 지금은 상상할 수 없는 일이지만 그땐 그랬다.

백두대간뿐 아니라 어디서도 그랬다. 눈밭에서 눈 위에 모닥불을 피우면 눈이 차츰 녹으며 모닥불은 점점 아래로 내려간다.그래도 잘 탄다. 얼음 위고 어디고 저녁때는 당연히 불을 피우고 몸을 녹이고 장비를 말리고 술을 한두 잔씩 했다.

작년에 미국 PCT를 갔을 때도 거의 매일 모닥불을 피웠다.여름철이었는데도 모닥불을 피울 수밖에 없는 것이, 모기가 너무 많기 때문이었다. 불을 피워서 연기로 모기를 쫓아보자는 의도였지만 별 효과는 없었다. 그만큼 모기가 많았다.

어쨌든 나는 불을 잘 피운다. 실내에서 마른 장작에 불을 붙이는 건 일도 아니다.

난로의 한 가지 단점은 연통 청소를 해야 하는 것이다. 나와 같은 종류의 난로를 쓰는 사람이 여럿 있는데, 나처럼 연통 청소 때문에 힘들어 하지는 않는 것 같다. 그 사람들은 난로 피우는 공간이 비교적 넓어서 나보다는 마음껏 불을 때는 것 같다. 나는 공간이 좁으니 조심을 해야 하며, 또 나무를 아껴야 해서 약하게 살살 때니까 그을음이 많이 생기고, 그래서 연통이 자주 막히는 것 같다.

그런데 중요한 건 연통이 아무리 짧아도, 공간이 좁아도, 혼자서는 할 수 없다는 것이다. 누군가의 도움이 필요하다. 장작도 혼자 팰 수 있고, 불도 혼자 붙일 수 있는데, 연통 청소처럼 혼자 할 수 없는 일이 생기면 번거롭다. 하긴, 세상에 장점만 있는 물건이 무엇이 있겠나. 그만한 수고로움 없이 어찌 따뜻함을 누리랴. 난로 하나 들여놓고 얼마나 좋아했는데.

하여튼 친구들 도움을 받아 연통을 분리해서 두드리고 뚫고 교체해서 다시 설치를 마치면, 연기는 언제 연통이 막혔냐는 듯 퐁퐁 빠져나간다. 그 연기를 보며 나는 하하 호호 행복해한다.

길을 가다가도 어느 집의 굴뚝이나 연통에서 연기가 나오면 괜히 마음이 따뜻해지는 것을 느낀다. 그 집 사람들은 따뜻할 것 같다. 산이나 어디 밖에 일이 있어 잠시 다녀올 때 저 멀리서 굴뚝 연기가 올라오는 게 보이면 마음이 따뜻해지고 기분이 좋아진다. 그리고 집에 와서 문을 열었을 때 냉기가 아니라 온기가 나를 반겨주는 건 큰 위안이다. 부슨 일을 해도 잘 할 수 있을 것 같다.

온돌방은 바닥은 따습지만 공기는 찬데, 난로는 그 반대다. 공기는 훈훈한데 바닥은 차다. 그래서 온돌방에서는 눕고 싶지만 난롯가에서는 뭔가를 하고 싶어진다. 그래서 온돌은 온돌대로, 난로는 난로대로 내게 꼭 필요한 난방장치다.

나에게 매기는 점수

가끔 나 자신이 마음에 안 들 때가 있다. 그럴 때 무턱대고 스스로를 혼내는 건 더 안 좋은 감정상태로 이어진다. 그래서 내가 착안한 방법이 있다. 그날그날 나의 일상에 점수를 매기는 것이다.

가령 아침 산행은 20점, 절 수행은 10점, 명상은 10점, 원고 쓰기는 20점, 혼술 안 하기는 10점, 다른 대상에게 작은 일이라도 덕이 되는 일을 했을 때 10점, 집 안팎의 일을 했을 때 10점 등의 점수를 정해두는 것이다. 때에 따라 점수의 대상이 바뀌기도 한다.

처음엔 재미삼아 시작했는데, 의외로 효과가 좋다. 계속 하다 보니 이제는 습관처럼 되어서 매일 매일 나 자신의 일상을 점수로 매기게 되었다. 물론 내가 할 만한 것만 정했을 것이다. 그리고 일상이 단조롭다보니 그리 많은 일이 생기지 않기 때문이기도 하겠다.

비교적 매일 매일의 점수는 좋은 편이다. 산에 가는 것, 수련, 명상 모두 일상이다 보니 매일 밥을 먹듯이 하는 것들이라 점수에 많은 보탬이 되겠다. 또 요즘은 원고쓰기가 일상이라 그것도 그렇다.

가장 문제가 '혼술'이다. 원고를 쓰고 나면 대충 녹초가 되는데 그럴 때 한 잔 술은 보약과도 같다. 문제는 한 잔으로 끝나는 게 아니라 한 잔이 두 잔 되고 두 잔이 석 잔 된다는 데 있다. 그래서 올100점인 날이 그리 많지 않다.

가끔 굳게 마음먹고 며칠을 넘길 때도 있지만 대부분 한 달을 채우지 못했다. 무슨 핑계를 만들어서라도 구실을 만든다. 구실을 만드는 건 한 순간이다.

물론 100점이었을 때 기분이 좋고 내게 칭찬을 하는 것이 기분 좋은 건 아는데, 혼술의 유혹 또한 집요해서 내게 하는 칭찬을 포기하고 마는 것이다. 그럴 때면 나 자신에게 "너 참 나약한 중생이구나" 하며 혀를 차기도 한다.

원고를 쓰고 난 후에 마시는 혼술이야 그렇다 치고, 그냥도 혼술을 자주 마시는데 그것은 편하기 때문이다. 누구와도 오가는 말 없어 간편하고 술자리를 길게 끌지도 않고 격식을 차리거나 특별한 것을 마련하지 않아도 되는 등 좋은 점이 많다.

그래도 자제하는 게 마땅한 일일 것이다.

가끔은 100점을 넘길 때도 있다. 산을 한 번 더 다녀오거나 원고를 두 꼭지 쓸 때인데, 그리 흔한 일은 아니다. 아침 산행을 하고 돌아와서 아침 겸 점심을 먹고 별일 없으면 원고를 쓰는데, 짧은 원고라도 한 꼭지를 끝내면 한동안 마당에서 서성이며 방전된 기운을 보충해야 한다. 그리고는 그날 잡힌 일들을 하거나, 사람을 만나거나, 목욕을 다녀오거나, 집안일을 한다.

저녁에는 별일이 없어서 원고를 써야겠다는 마음만 있지, 잘하지는 않는다. 핑계가 없는 건 아니어서 나름 합리화를 한다. 난로를 피우지 않아 춥다든지, 조명이 어둡다든지, 이런 것들이 이유다. 그동안 밤에는 아무 일도 하지 않고 살았기 때문에 밤에 뭔가를 하는 것이 익숙하지도 않다. 밤에 원고를 쓰고 난 후에는 훨씬 더 녹초가 된다는 경험을 한 후라 더 그렇겠지만, 뭐 성취감도 있어서 완전 손해는 아니라는 것이다. 그리고 점수도 쑥 올려놓는다. 그러면 100점을 넘기고도 남는다. 내가 너무 점수를 후하게 주나? 모르겠다.

나에게 매기는 점수에 끄달리지는 않지만 그래도 그날의 나를 돌아보는 방편으로도 괜찮고 재미도 있다.

귀촌인 임백룡

나는 나무처럼 늙고 싶다.

평생을 한 자리에서 꿋꿋하게 세상을 견디면서도 당당한 모습을 잃지 않고 나이를 먹을수록 더 품위가 있어 보이는, 세상을 달관한 듯한, 모든 것을 받아들이겠다는 그 의연함이란. 감히 내가 나무를 닮고 싶어 하다니 어림도 없는 일이겠으나, 꿈이라도 그렇게 꾸어보는 것이다.

한때 한 곳에 정착하지 못하고 산으로만 산으로만 떠돌이처럼 떠돌 때, 오로지 한 자리에서 일생을 보내는 나무를 부러워한 적도 있었다. 어디를 가더라도 나이가 많은 나무를 보면 그

냥 지나치지 못하고 존경어린 눈으로, 또는 부러운 눈으로 쳐다
보고 만져보고 기대보고 안아보는 것이다.

그런 나무에게도 생로병사가 있어서 태어날 나무는 태어나고
고사하는 나무는 또 그러하겠다. 인간처럼 불의의 사고로 중간에
다치거나 잘못될 수도 있다. 주로 사람에 의해서 잘리는 경우가
많겠으나 다른 일인들 왜 없겠는가? 지난 태풍에도 나무가 많이
상했다. 한곳에 뿌리를 내리고 사는 관계로 아무리 무서운 바람
이 불어도 피할 수 없으니, 고스란히 당할 수밖에 없었을 것이다.

윗동네에 사는 친구 임백룡이 지난 태풍에 자기네 산에 엄청
나게 큰 나무가 부러졌다고 했다. 그러면서 그 나무를 옮겨와서
집을 짓는 데 쓰겠다고 했다.

그는 7년 전에 귀촌한 친구로, 아홉 살 난 딸 임하즈은과 둘
이 살고 있다. 주로 나무를 심는 일을 하고, 누구 집에 무슨 문
제가 생기면 와서 손봐주는 '맥가이버'이기도 하다. 그밖에 토
종 씨앗으로 농사도 조금 짓고, 우리가 좋아하는 술을 빚어서
나눠 먹는다. 그가 빚는 청주는 맛이 천하일품이다. 우리는 그
가 우리의 입맛을 다 버려놓았다고 투정을 하곤 한다.

평소에는 작은 포클레인으로 온갖 일을 다 한다. 연못도 파고, 비닐하우스도 짓고, 밭을 만든다. 축대도 쌓고, 길을 내고, 물도 끌어오고, 지붕 개량도 하고, 혼자서 온갖가지 일을 다 한다. 아마 집도 혼자서 지을 것이다.

태풍에 쓰러진 나무는 제법 높은 산에 있고 더구나 능선 너머에 있다고 했는데 무슨 수로 옮겨 오겠다는 것인지? 무슨 꿍꿍인지 알 길이 없었다. 그러나 나는 아무 말도 하지 않았다.

그 나무가 있는 곳은 그의 동네 야산으로 차가 다닐 길은 당연히 없다. 뭐 도움도 필요 없다고 하고 실제 도움이 되지도 못할 터이다.

그 말을 듣고 한참이 지나서 가보니 나무가, 엄청나게 큰 나무가 그의 집 마당으로 옮겨져 있었다. 나무는 굵기도 하지만 길이도 엄청났는데, 놀라워서 어떻게 옮겼냐고 물으니 뭐라 뭐라 알아들을 수 없는 입속말을 혼자 하며 웃기만 했다. 나로서는 상상이 불가한 일이었다. 혼자서 무슨 수로 능선 너머 쓰러진 나무를 올리고 내리고 했는지 참 기가 막힐 노릇이다.

깊은 내막은 알 길이 없으나 작은 포클레인을 이용해서 옮겼

인간과 자연이 함께하는 조화로운 세상을 꿈꾸는 임하즈은, 임백룡, 남난희, 지우가 모여
삼가 천신, 지신, 자연신, 나무신, 풀신, 곤충신, 조류신, 동물신께 고하나이다. 산에 쓰러
지신 나무님을 모셔와 마음과 뜻과 정성을 모아 나무님과의 새로운 만남을 가지려고 모
였습니다.

을 것이다. 밧줄과 옆의 큰 나무를 이용해서 도르래 형식으로 만들고는 조금씩 매일 그렇게 움직여서 결국 해낸 것이었을 것이다. 흔한 말로 '의지의 한국인'이다.

집으로 옮겨진 나무는 굵기에 비해서 나이는 그리 많지 않았다. 우리가 나무의 나이를 아는 방법은 나이테 말고 무엇이 있겠는가? 그가 이미 세고 또 세었을 나이테를 세어보니 60살이었다. 이 정도의 굵기면 나이를 더 먹어야 하는 것 아닌가? 자꾸 의심이 가서 다시 세어보지만 60이 맞았다. 그 나무가 살던 땅이 토양이 좋아서 너무 빨리 자란 것 아닐까? 그래서 어쩌면 단단하지 못했고, 그래서 태풍에 쓰러진 것일 수도 있겠다.

어쨌거나 나무를 모셔왔으니 당장은 쓸 수 없고 해서 비에 젖지 않게 거푸집을 짓고 뉘어놓고 우리는 작당을 했다. 이만한 나무는 그냥 쓸 수 없으니 고사를 지내야 한다고 해서 날 잡고 준비물 분담해서 하루 모였다.

백룡의 딸 하즈은은 돼지머리를, 지우는 축문을 쓰고 나는 삼색 나물을 장만하고 백룡은 제주와 떡을 맡았다.

젯상차림은 간단했지만 하즈은이 그린 돼지머리 그림이 한 역할을 했다. 총천연색의 귀여운 돼지가 멋진 웃음을 웃고 있었다. 뉘어놓은 나무 앞에 상을 차리고 우리 모두가 준비한 조촐한 상이 차려졌다.

지우가 마련한 제문은 또한 좋았다.

유세차 ~

큰 눈이 온다는 대설 기해년 병자월 무인일, 2019년 12월 7일
인간과 자연이 함께하는 조화로운 세상을 꿈꾸는 지구별을 사랑하는 임하즈은, 임백룡, 남난희, 지우가 무여 삼가 천신, 지신, 자연신, 나무신, 풀신, 곤충신, 조류신, 동물신께 고하나이다.
산에 쓰러지신 나무님을 모셔와 마음과 뜻과 정성을 모아 나무님과의 새로운 만남을 가지려고 모였습니다.
나무님이 새로이 나실 때마다 인연되어진 모든 시공간이 평화와 기쁨으로 넘치게 하소서!

천신님!
이 곳에서의 지속가능한 삶을 꿈꾸며 자리 잡은 임백룡, 임하즈은이 녹색희망이 되어 평온한 삶이 열리게 하옵소서.

지신님!

부녀의 아름다운 생활이 다시금 이 땅의 희망이 되게 하옵소서.

자연신님!

개발의 포클레인이 아름다운 자연을 파괴하는 것을 멈추고 복원과 회복의 세상을 열어갈 수 있도록, 개발 환상병을 물리치는데 한 몫을 할 수 있도록 우리에게 힘을 주시옵소서.

나무신님!

숲속의 나무와 새들, 곤충과 동물이 조화롭게 어울려 살아갈 수 있도록 도와주시옵소서. 우리의 삶이 숲과 함께 평화롭게 하소서.

풀신님!

인간들의 과잉소비와 편리한 것만 추구하는 귀신잡귀를 물리치시어 자연환경이 회복되도록 도와주시옵소서. 욕심꾸러기 인간들에게 경종을 울리는 우리들의 삶이 되게 하옵소서.

곤충신님!

우리의 순수한 열정과 활동을 저해하지 못하도록 게으름귀신, 욕심쟁이귀신, 화내기귀신, 어리석음귀신들을 물리치시어 사람이 자연과 함께 주인이 되는 터가 되게 하소서.

조류신님!

우리에게 힘을 주시어 대안적인 지역 환경문제 해결을 위한 노력에 지치지 않는 날갯짓을 할 수 있게 하옵소서.

동물신님!

개발과 물신을 좇는 인간들에게 수달의 눈빛과 달랑개의 군무를 사랑할 수 있는 뜨거운 가슴을 갖도록 도와주시옵소서.

자리를 옮기신 나무님!

새로운 터전에서 새로운 부대에 담을 창조적인 마음과 활기 넘치는 일상을 살아갈 수 있도록 재앙귀신과 시기귀신, 권력귀신을 물리치시어 우리가 더욱 사랑하고 생계비에 허덕이지 않고, 우리의 신선한 정신이 온 누리에 퍼져나갈 수 있도록 도와주시옵소서.

삼가 제신께서는 우리의 수작을 장히 보아주시고 온갖 재앙을 막아주시어 멋진 세상을 일궈갈 수 있도록, 무엇보다 몸과 마음의 건강을 주시기를 간절히 고개 조아려 바라고 바라나이다.

상향

모든 자연신께 인사를 올리는 동안은 조촐했지만 진지했다.

부녀는 곧 겨울방학을 하면 여행을 떠날 일정이 잡혀 있었다. 여행중에 밥이라도 한 그릇 사 먹으라는 마음을 담아, 찢어진 돼지 입에 돈이 꽂히기도 했다.

간단하게 제를 지내고 우리의 시간이 돌아왔다. 어쩌면 그 시간을 위해서 만들어진 자리인지도 모른다. 모닥불을 피우고, 연말 분위기 낸다고 반짝이 꼬마등 내걸고, 스피커도 걸고, 분주하게 상도 차리고, 불꽃 튀어도 괜찮은 옷 갈아입고 모두 모닥불 가에 모였다. 연기가 내게로만 오네, 네게로만 가네, 하며 백룡이 빚은 명품 청주가 돌았다. 모닥불에서 막 구운 굴이 이 손에서 저 손으로 건네졌다. 조개를 굽고 조개껍질에 떡이나 고기를 넣고 모닥불에 익혀 먹었다. 서로 쳐다보며 "좋아", "맛있어" 하며 감탄사를 나누고 노래도 따라 부르고 춤도 추며, 모셔온 나무님 덕분에 하룻저녁 잘 놀았다. 모신 나무도 당신의 쓰임을 알고 좋아했을 것이다.

이제 한 몇 년 그 자리에 누워서 쓰임에 맞게 세월을 보낼 것이다. 그 세월 동안 우리는 각자 조금씩 늙어갈 것이고, 하즈은은 무럭무럭 자랄 것이다. 그러고 보니 그 나무는 하즈은의 몫이 되겠다.

나무를 모셔오는 과정을 비롯해서 고사를 올린 것까지 다 보았을 아이의 미래는 어떨까? 자연에서 뛰어놀고 자연과 함께 살아갈 저 아이가 우리의 미래일 것이다.

기 수련과 자발공

나는 번잡한 것을 싫어해서 무슨 일을 잘 시작하지 않고 사는 편이다. 가능하면 있는 것만으로, 가진 것만으로 살다가 가고 싶다.

이제는 시골에서도 문화 혜택을 누리기가 어렵지 않다. 각 군이나 면에서 지역민을 위해서 이런저런 강좌나 행사를 많이 만들고 있고, 우리 지리산학교처럼 단체를 만들어서 지역 사람들과 공유하는 곳들이 많다고 한다. 무엇이나 배우고자 한다면 굳이 도시로 나가지 않아도 지역에서 얼마든지 가능한 것이다. 그래서 각자 자기가 관심이 있는 분야를 배우고 서로 교류하는 사람도 많다. 여러 분야를 두루 섭렵하는 사람도 적지 않다.

하지만 나는 아는 것도 없으면서 배움에 대한 갈망도 없어서 그냥 내가 잘 하는 산에만 다니며 혼자 만족해하며 살고 있다. 누구는 노후를 위해서 뭔가를 배워야 한다지만, 준비성이 없어서 그런지 나는 그럴 마음도 없다. 무엇보다 아직은 장기 산행이 잦아서 집을 많이 비우는 관계로 무엇이나 집중해서 할 수 없다. 굳이 더 알고 싶은 것도 없고, 내 일상에 부족함 또한 없고, 무엇보다도 뭔가를 다시 시작하고 관계 맺는 것이 번거롭게 느껴진다.

그랬는데, 몇 년 전에 왼쪽 발이 좀 이상했다. 엄지발가락 밑부분이 아파서 걸음에 신경이 쓰였다. 누구나 아프면 신경이 쓰일 테지만, 특히나 나는 발을 생명으로 알고 사는 사람인지라 여간 마음이 쓰인 게 아니다. 발이 아프면 걸을 수 없기 때문이다.

그러다 우연히 치료봉사를 나오신 박오수 원장님을 알게 되어 원인을 알게 되었고 치료도 받을 수 있었다. 원인은 놀라웠다. 척추뼈 중에서 가로로 있는 제일 아래 뼈가 붙어 있지 않고 떨어져 있다는 것이었다. 의사 선생님도 놀라는 것 같았다. 나도 왜 그런 일이 생겼는지 알 수 없었다.

한 가지 감이 잡히는 게 있기는 했다. 십몇 년 전 빙벽 등반을 하다가 추락한 적이 있었다. 어쩌면 그때 뼈에 이상이 생겼는지도 몰랐다. 선생님 얘기가, 보통 사람 같았으면 이미 오래 전부터 엄청 아팠을 것인데, 나는 근육이 받쳐준 덕분에 지금까지 버틴 것 같다는 것이었다. 그러다 근육이 빠지며 몸이 한쪽으로 기울기 시작했고, 그래서 균형이 왼쪽으로 쏠리면서 발가락에 무리를 준 것 같다는 소견이었다.

원인이야 어쨌든, 앞으로도 계속 산을 다닐 수만 있다면, 걷는 데 지장만 없다면 무슨 치료라도 받을 것이다. 그분은 특별할 것도 없이 몸을 밟아서 균형을 잡아주고 내게 운동법을 가르쳐주셨다.

그후 나는 다시 발 걱정 없이 산에 다닐 수 있었고, 그동안 백두대간을 여섯 번, 호남정맥을 한 번 다녔다. 그뿐인가. 매일 아침 산행과 지리산학교 수업, 해외 산을 수도 없이 다녔다. 아마 내 생애에 가장 많이 걸었을 것이다. 예전에도 많이 걷기는 했지만 그때는 주로 암벽이나 빙벽 등반 위주라서 걷기는 오히려 그리 많이 하지는 않았다.

그러고 나서 한 10년 정도 지났을까? 다시 발이 아파오기 시작했다. 이번에는 박 선생님이 가르쳐준 운동도 말을 듣지 않았다. 나는 다시 절망을 했고, 박 선생님을 찾아갔다. 그러나 그분의 치료도 효과가 없었다. 여기저기 다니며 치료를 했으나 누구도 원인을 몰라 제대로 된 치료를 하지는 못하는 듯했다. 다들하는 말이, 걷지 않으면 별 문제도 아니라는 반응이라 초조했다. 나더러 걷지 말라는 건 그만 살라는 말이나 같다고 하면 지나칠까? 나는 걷지 않는 나를 아직은 상상도 하지 않고 살아왔다. 나는 과연 걷지 않고도 잘 실 수 있을까?

그런 생각들로 마음이 복잡한데, 내 숲길걷기 수업을 받았던 나의 애제자 경진한테서 연락이 왔다. 괜찮으면 자기 어머니께 한번 와보라는 거였다. 그분을 몇 번 뵙기는 했었다. 숲길반 수업 때 가끔 경진을 따라 오셨던 것이다.

처음 만났을 때 그분이 무슨 일을 하는 분인지 알지 못했고, 다만 참 당당한 모습이 인상적이었다. 세상의 모든 어머니들이 그분처럼 당당하다면, 그래서 자식을 당당하게 키운다면, 세상은 참 좋은 세상이 될 것 같다는 생각을 막연히 했었다.

그분은 가끔 기운 넘치는 도시락을 싸서 경진이 편에 보내주시기도 했고, 우리는 그런 어머니를 둔 경진을 부러워했다.

시절 인연이 닿은 걸까? 나는 경진의 안내로 순천 음양기공 수련원으로 들어갔다. 기 수련원 분위기는 생소했고, 경진 어머니는 산에서와는 분위기가 또 달랐다. 수련복을 입고 계셔서인지 아니면 수련원의 분위기 때문인지는 몰라도, 당당한 어머니가 아니라 한 분야의 큰 스승으로 보였다. 물론 그 분은 아주 따뜻하게 맞이해주셨고, 보살펴주셨고, 맛있는 밥까지 해주셨다.

정신이 너무 말똥해서, 그리고 분석하는 버릇이 있어서, 또 무엇보다도 산이 있어서, 나는 종교가 없다. 무엇을 배우지도 않는다. 산이 내 종교이고 산이 내 스승이라, 달리 필요하지도 않다. 그랬던 내가 왠지 마음이 동했다.

잘은 못 알아들었지만 내 발은 별 문제가 있는 게 아니라 일종의 직업병이라 할 만한데, 발을 너무 많이 써서 아픈 것이고, 무엇보다 내 자신이 그 아픔을 고칠 수 있다고 했다. 그리고 기 수련을 하면 스스로의 병뿐 아니라 남의 병도 치료해줄 수 있는 능력이 생긴다고 했다. 나는 별 거부감 없이 그 다음날부터

기 수련원을 등록하고 열심히 다녔다.

처음에는 이론을 공부한 후에 기 수련에 들어갔는데, 이론 공부는 선생님이 무슨 말을 하는지 못 알아듣는 것이 많았지만, 자세만큼은 바로잡고 앉아서 열심히 들었다.

당시 내 생각은 이랬다. 나는 이제 인생의 후반부에 진입했고, 앞으로 언제까지 산만 다니며 살지 모르는데, 기 수련을 열심히 해서 뭔가 능력이 생기면 산과 더불어 남에게 도움이 되는 뭔가를 할 수 있지 않을까? 인생 후반을 봉사하고 보답하며 살기로 했는데, 내가 일고 있는 신과 기 수련을 결합하면 더 큰 힘이 되지 않을까? 나에게 무슨 능력이 있는지는 몰라도 내가 살아 있는 동안 사회에 도움 되는 일을 할 수 있는 길이 생기지 않을까?

처음에는 이론 수업도 생소하고 모든 동작도 엉성했지만, 나는 열심히 수업을 들었다. 내가 언제 산 이외의 것을 이렇게 열심히 했는지 떠올려지지 않았다.

선생님도 무척 좋아하셨다. 아직은 기 수련이 사람들에게 잘 알려지지 않았고 잘못 알려진 부분도 많아서 일반 사람들이 접하기가 쉽지 않은 것 같았다. 주로 몸이 아픈 사람이 여러 곳을 돌아다니다가 혹시나 하는 마음에 선택하는 것 같았다.

그런데 나는 다른 아픈 곳도 없고 산에 다닌 덕분인지 기가 아주 좋은 편이라고 하셨다.

실제 기 수련을 하면서 보니 몸뿐만 아니라 마음까지 치유하는 힘이 있음을 알게 되었다. 그리고 사람은 누구나 자신의 몸을 자신의 기운으로 치료를 할 수 있고, 의념력, 다시 말해 생각을 어떻게 하느냐가 매우 중요하다는 것도 알게 되었다.

수련의 기본은 자세로부터 시작해서 의념력, 호흡, 기 운동, 그리고 명상으로 이어졌다. 두 시간 정도 수련을 하고나면 몸이 아주 가벼워졌다. 몸뿐만 아니라 마음도 가벼워지고 누구에게라도 하심(下心)이 생긴다는 것도 알게 되었다. 몸도 마음도 이렇게 좋아지는데, 많은 사람들이 알지 못하는 것이 안타까웠다. 세상 모든 이가 제대로 기 수련을 한다면 몸도 마음도 건강해져서 덩달아 세상도 건강해질 텐데, 하는 안타까움까지 들었다.

배우는 데 시간도 오래 걸리지 않고, 스스로 수련하면 되는 거였다. 그 시간은 저절로 수행의 시간이 되고, 스스로 자신을 치료하니까 병원에 갈 일도 없었다. 물론 모든 것은 자신에게 달려 있으니 각자가 얼마나 자신을 믿고 기를 이해하는지에 따라서 차이는 있을 것이다. 어쨌든 참 괜찮은 운동이고, 좋은 수행법이라는 생각이다. 몇 가지 유형 중에 나는 둔감형이어서 당장 행동으로 나타나는 건 없는 편이라, 다른 사람들의 자가치료 공능을 보면서 부럽기도 했다. 하지만 어쩔 수 없는 일이었다.

그런데 몇 년 전 히말라야 트레킹을 갔을 때 일이었다.

네팔 히말라야 쿰부 지역 촐라패스에서 칼라파타르를 넘어가던 중 낙석을 만났다. 요즘 기후온난화 탓인지 해발 5,500미터 가까운 곳에도 빙하가 녹아내려서 얼음에 얼기설기 붙어 있던 바위가 굴러떨어지거나 흘러내려서 위험한 곳이 많았는데, 그중 한 곳이었던 같다. 산비탈을 지나는데 저 위에서 제법 큰 돌덩어리가 나를 향해 굴러떨어지기 시작했다.

무슨 기척을 느꼈던 걸까? 위를 올려다본 순간 엄청 큰 바위가 나를 향해 떨어져내리고 있었다. 순간 저걸 맞으면 죽겠구나 싶었다. 하지만 아래는 흘러내리는 절벽이라 도망갈 곳은 없었다. 그때부터는 내 정신이 아니었다. 크고작은 돌멩이와 모래가 사정없이 쏟아지는데 내 몸은 나도 모르게 반응하며 움직였다.

어느 정도의 시간이었을까? 어쩌면 찰나였는지도 모른다.

어쨌든 어느 순간 먼지를 자욱하게 남기며 상황은 끝났다. 모든 것이 멈추었을 때 나의 자세는 볼 만했다. 오른쪽 다리가 머리 위쯤에 있었다. 일부러 하려 해도 할 수 있는 자세가 아니었다. 그리고 나는 말짱했다. 손끝 하나 다치지 않았다! 올라간 발목이 살짝 아팠지만 등산화가 보호해서인지 별거 아니었다.

그 와중에도 나는 본능적으로 앞과 뒤의 사람들을 조심시키기도 했다. 내 앞 사람에게는 빨리 가라고, 내 뒷사람에게는 오지 말라고. 사람들은 모두 낙석을 보고 놀랐고, 말짱한 나를 보고 또 한번 놀랐다. 특히 나의 동작을 보고 굉장히 놀랐다고 한다. 돌들이 떨어지는 순간 나의 몸과 팔 다리는 무슨 요가나 무술을 하듯이 마구 이리저리 움직였다고 한다. 그 동작들은 내가 평소에 하는 동작이 결코 아니었다.

그날 일정을 끝내고 롯지에 들어와 누웠는데, 낮의 그 일을 생각해보니 정말 신기했다. 그리고 그때 내가 죽었을 수도 있었겠다는 생각이 들었다. 또 한편으로는, 마침 내가 지나갈 때 돌이 떨어져서 다행이라는 생각도 들었다. 만약 나 아닌 다른 사람이 지나갈 때 그만한 돌이 떨어졌다면 자칫 치명적인 사고로 이어졌을 수 있기 때문이었다. 천만다행이었다.

그날 밤 잠들지 못하고 생각에 생각을 곰곰이 하다 보니 어쩌면 내가 다치지 않고 말짱한 것은 산신령께서 보살펴주신 덕이 아닌가 하는 생각이 들었다. 나는 평소에도 산에 가면 항상 산신령께 인사를 한다. 저를 받아주셔서 감사하다고. 그날도 아침에 출발하면서 감사 인사를 했더랬다.

내가 지금까지 산에 다니며 큰 사고 없이 잘 다닌 건 나를 받아주시는 산신령님 덕분으로 알고 있다. 그만큼 산신령께서 나를 보호해주신다고 믿고 있다. 그날 일도 산신령께서 보호하지 않았다면 나는 살아남지 못했을 것이다. 그렇게밖에 해석되지 않는 일이었다. 그날 밤 나는 더 깊이 감사 인사를 드렸고, 트레킹이 끝날 때까지 평소보다 더 많이 감사 인사를 올렸다.

나중에 기 수련원에 가서 스승님께 그 말을 했더니 "자발공이 나왔네요" 하셨다. 자발공이란 자기가 스스로 자신을 보호하기 위해서 자기도 모르게 나오는 행동이라고 한다. 말씀을 듣고 보니 과연 그랬지 싶다. 산신령의 보살핌과 자발공이 나와서 그 상황을 넘긴 것이다.

기 수련을 하지 않았다면 어땠을지 모르겠다. 그래도 아마 산신령님 보호를 받았을 것이다. 그럴지라도 자발공이 나왔다는 건 내가 기 수련을 했다는 증표가 된 것 같아 뿌듯했다.

나는 요즘은 기 수련원에 자주 가지는 않는다. 가끔 가서 일박을 하며 수련도 하고 은사님과 밀린 이야기도 하며 지내다 오고는 한다. 또 무슨 일이 있을 때나 먼 길을 떠날 때 수련원에 가서 힘과 용기를 얻어 오기도 한다.

평소에는 아침 산행 중 폭포에서 수련을 하고 내려온다. 가끔 빼먹을 때도 있지만 비교적 열심히 하는 편이다.

나의 은사이신 진묘선사님은 어머니처럼 다정하고 품이 넓으신 분이다. 당신께 오는 모든 사람의 사연을 다 들어주고, 위로해주고, 치료해주신다. 그곳에 오는 모든 사람들에게 밥을 해서 먹이신다. 그곳에 오는 모든 사람들에게 기가 얼마나 무한한지, 얼마나 나와 남에게 이로운지를 알려주신다.

나는 그분을 알게 되어 너무나 좋고 고맙다. 그분은 앞으로 내가 가야 할 길을 알게 하셨고, 나는 이 세상에서 내가 할 수 있는 내 몫의 역할을 다 할 것이다.

김태곤 아저씨

김태곤 아저씨는 내가 살고 있는 집의 원래 주인이다.

2002년 8월, 강원도 정선에서 태풍 루사로 거의 모든 것을 잃고 '과거 없는 여자'가 되었을 때 나에게 살 집을, 그것도 아주 나에게 어울리는 집을, 양도하신 분이다.

그 당시 이 집은 이미 오래 전부터 판다고 하면서도 팔지 않았다고 한다. 많은 사람들이 사고 싶어 했는데도 어쩐 일인지 팔지 않았다고 하는데, 나는 아저씨를 만난 그 날로 인수를 받는 행운이 있었다. 사람들은 이구동성으로 어떻게 그렇게 쉽게 살 수 있었냐며 의아해 했고, 자신이 살 수 없었던 것을 아쉬워했다. 그 일에 관한 최고의 찬사는 "집이 주인을 기다렸다"는 것이다. 주인이 따로 있었다는 것이다.

집은 본채와 대문채 그리고 사랑채로, 정남향으로 앉아 있다. 마당도 제법 넓은데 '햇빛마당'이라는 별칭이 있을 정도로 하루 종일 햇살 가득한 마당이다. 한겨울에도 햇빛만 있으면 정말 따사롭다. 지금도 겨울인데 문을 열어놓고 반팔 차림에 등으로 햇빛을 쬐이면서 원고를 쓰고 있다.

마당은 잔디도 시멘트노 사길도 아닌 지연 그대로의 흙 마당이다. 이 마당에는 겨울에도 땅 꽃이 핀다. 민들레, 양지꽃, 채송화가 아직 피어 있다.

그리고 집 서쪽에 내가 자랑해 마지않는, 천년 동굴을 낀 작은 우물이 있다. 우물에서는 사철 마르지 않고 물이 나온다.

나는 이사를 와서 집을 최소한만 수리했다.

부엌 아궁이가 있던 곳을 실내로 만들어 부엌 겸 거실로 사용힌디. 잠을 제외한 나의 거의 모든 생활이 이 공간에서 이루어진다. 잠자는 방에는 아예 전기를 들이지 않았다. 그러니 밥

먹고, 차 마시고, 책 읽고, 일기 쓰고, 명상하고, 손님맞이 하고, 가끔 낮잠까지 다 이곳에서 한다.

내 방 아궁이는 뒤곁으로 돌렸다. 조금 불편하기는 하나 달리 방법이 없었다. 그리고 푸세식 화장실을 허물고 수세식 화장실을 들였다.

다른 것은 원형 그대로 두었다. 집 자체가 워낙 탄탄하게 잘 지어진 데다가, 옛날집에서만 느낄 수 있는 예스러움이 좋기도 해서, 대부분 그냥 두었다. 황토로 벽만 한 번 덧칠했다.

내가 이사 올 당시 아저씨의 어머니가 사셨는데, 지금은 수시로 내 집에 오셔서 마루를 쓰다듬으며 아쉬워하신다. 당신이 50여 년 전에 할아버지와 함께 지었다고 하신다.

당시 집에 불이 나서 다시 지었다고 한다. 아닌게아니라 사랑채 뒤에 보면 불에 탄 자욱이 있는 서까래가 몇 개 보인다. 사랑채 상량문에 집 지은 연도가 씌어 있는데, 그걸 보면 이 집이 나보다 한 살 더 먹었다.

할머니는 당신이 짓고 살림을 일군 집이라 아깝고 아쉬운 듯 했다. 며느리가 외딴집이라 무섭다고 해서 동네로 들어갔다는 것이다.

그 집이 내 집이 되고 난 후 동네에서 가장 자주 보는 사람이 아저씨다. 아저씨의 농토가 거의 내 집 주변에 있어서 출근하듯이 일 하러 오는 관계로, 외딴 집인데도 아저씨와는 거의 매일 만나는 것이다.

아저씨는 평소에 별 말이 없어서 그냥 씩 웃는 것이 보통 인사이고, 무슨 말을 하면 대답은 간단하다. "하머요" 아니면 "아이라요"다. 하머요는 그렇다는 뜻, 아이라요는 그렇지 않다는 뜻이다.

요즘 세상에 휴대폰도 쓰시 않는 깃 같다. 시용히는 것을 한 번도 본 적이 없다.

차도 없다. 사발이 한 대는 아주머니 것인 듯하고, 아저씨는 경운기를 몬다. 오토바이는 두 분이 함께 사용한다. 바퀴 달린 건 그게 전부다.

아저씨는 지게를 늘 달고 다닌다. 마치 지게가 아저씨 몸의 일부 같다. 내 집 뒤로는 그냥 산길이라 모든 걸 등짐으로 날라야 하는 관계로, 아저씨 등에는 지게가 몸처럼 붙어 있다.

작년에 등짐으로만 일을 하기에는 너무 힘들다며 경운기 길이라도 뚫겠다고 내 땅이 조금 필요하다며 양해를 구했다. 그러시라고 했는데, 혼자 하기에는 너무 벅찬 일이었던지 결국 포기하고 하는수없이 다시 지게를 지고 다니신다.

아저씨의 일솜씨는 깔끔하기도 해서 항상 반듯하다. 장작도 어찌 그리 자로 잰 듯 일정한 길이로 쌓아놓는지, 볼 때마다 예술품을 대하는 것 같은 생각이 든다. 농작물을 말릴 시렁도 정교하게 짜놓고, 공간을 최대한 효율적으로 이용할 수 있도록 만든다. 어찌 보면 종합 예술가 같다.

아저씨는 땅을 몸같이 생각하는 사람이다. 내가 차를 몰고 들어오는 짧고 좁은 골목길조차도 최대한 이용한다. 차 한 대가 움직일 수 있는 공간을 철저히 계산해서 조금이라도 여유 있는 공간에는 뭔가를 심고 가꾼다. 내가 운전을 잘 해야 하는 이유다.

또한 그 힘든 일 중에도 꽃을 심는 여유가 있어서 자투리 땅에는 사계절 꽃이 피고 진다. 꽃을 심는 그의 작은 여유가 보는 사람의 마음을 따뜻하게 한다.

일이 힘들어서인지 술을 좋아하는 것 같고, 늦은 오후쯤이면 얼굴이 불콰해져서 기분이 좋아 보인다. 그럴 때는 나에게 곧잘 말을 붙이기도 한다. 나를 부르는 호칭은 다양해서 어떤 때는

"보살님"이라고 했다가 어떤 때는 "선생님", 심지어 "사모님"이 되기도 한다.

작물을 수확하면 항상 내 몫으로 일부를 대문밖에 슬쩍 놓고가거나 내가 있을 때는 집으로 가져다주신다. 그러면서도 오히려 수줍어하는 모습이다. 초봄에 고로쇠부터 시작해서 감자, 마늘 등을 수시로 주신다. 어제는 무를 뽑아오셨고, 아마 곧 배추도 뽑으면 몇 포기가 내 대문밖에 있거나 우물가에 있을 것이다. 어느 날 대문을 열면 호박잎에 쌓인 애호박이 기다리기도 하고, 봄나물이 한 소쿠리 기다리기도 한다. 멀리 나갔다가 돌아오면 고구마가 한 봉지 대문 밖에서 하염없이 나를 기다리기도 한다. 그러다가 내가 뭐라도 나누면 두고두고 민망할 정도로 인사를 하신다. 이 부부는 당신들이 내게 주는 건 기억 못하고 내가 주는 것만 기억하는 사람들 같다. 참 순박하고 좋은 사람들이다.

내 집에 오는 몇몇 친구는 이 부부의 팬이라 자처하며 나보다 더 친하게 지낸다. 도시 사람인 그들은 그렇게 열심히 일하고 그렇게 순박하고 그렇게 땅을 사랑하는 사람을 본 적이 없을 것이다. 천연기념물 대하듯 본다.

농한기인 겨울이 되면 나무를 하기도 하지만, 이곳저곳에서 모아놓은 건축 자재로 농막을 짓거나 짐승 우리를 고치거나 다시 짓기도 한다. 혼자서, 하염없이, 쉬지 않고. 마치 수행자 같다.

아는 이 하나 없이 민들레 홀씨처럼 날아와 정착한 나를 따뜻하게 맞이해줬고 지금도 변함없이 마음을 나눠주는 그분들. 그들이 내 이웃인 것이 내 행운이다.

창호지 바르기

    가을걷이가 대충 끝나고 조금 한가해지면, 햇볕이 좋은 날을 잡아 창호지 가는 날로 잡는다. 도시는 말할 것도 없지만 시골에도 요즘엔 창호지를 매년 갈아야 하는 집은 그리 많지 않을 것이다. 하지만 우리집은 옛날 그대로의 시골집이라 여전히 한지로 문을 바른다.

    창호지는 시간이 흐름에 따라 더러 얼룩도 지고, 햇볕과 바람에 삭기도 하고, 벌레의 공격에 뚫리기도 한다. 호기심 많은 새의 시달림도 당하고, 더러 사람의 호기심에도 뚫리기도 한다. 물론 실수로도 구멍이 난다. 그때마다 임시 땜빵으로 버텨보지만, 일 년에 한번, 게을러서 그냥 넘어가더라도 이 년에 한 번 정도는 창호지를 갈아줘야 한다.

시골살이의 다른 일과 마찬가지로 창호지 가는 일도 쉬운 일이 아니어서, 날 잡기에도 신중을 기해야 한다. 작은 일 같지만 혼자서는 쉽지 않기 때문에 누군가의 도움이 필요하다. "손바닥도 마주쳐야 소리가 난다"고 하는데, 혼자서는 일이 안 되는 경우를 가리키는 말이다. 한 번은 혼자 문을 발라보겠노라 시작했는데, 다른 준비는 다 혼자 해도 종이 붙이는 건 도저히 혼자 안 되는 거였다. 종이가 제멋대로 아무데나 달라붙는데, 혼자서는 어찌 할 도리가 없었다. 풀 먹은 창호지는 다루기가 여간 까다롭지 않아서, 최대한 문의 칸을 맞추어 정조준해서 붙여본들 종이는 삐뚤빼뚤, 아주 제멋대로였다. 다시 붙이려고 떼내다보면 종이가 제몸끼리 달라붙기 일쑤였다.

그 일을 겪은 후에는 혼자는 아예 시도를 하지 않고 함께 할 사람을 구하거나, 아니면 임시 땜빵으로 최대한 버틸 수 있는 데까지 버티곤 한다.

문짝은 방마다 두 개 내지 네 개 정도이고, 부엌방은 문 두

짝과 여러 짝의 쪽문이 있다. 내가 이 집에 들어오기 전 부엌으로 쓰이던 곳을 개조해서 실내로 쓰고 있는데, 그러다보니 과거에 연기를 내보내던 쪽문에도 지금은 창호지를 발라줘야 한다. 이 부엌방이 내가 시간을 가장 많이 보내는 곳이고 음식 냄새도 나는 곳이라 그런지, 쪽문이 벌레의 공격을 가장 심하게 받는다. 여름에는 자고 일어나면 구멍이 숭숭 뚫려 있다. 좁쌀만한 구멍부터 메추리알만한 구멍까지 다양하다. 여름엔 그 구멍으로 모기가 숭숭 들어오기 때문에 그날그날 때워놓아야 하는데, 많이 성가시다. 창호지가 낡으면 구멍은 더 심하게 뚫린다. 하긴 창호지도 친환경인 것이고 풀도 내가 밀가루로 직접 쑤어서 바르니 벌레들이 좋아할 수도 있겠다.

몇 년 전에 서예로 이름이 높은 사촌 전기중이 놀러 온 적이 있다. 저녁에 함께 놀다가 흥이 나서 그가 즉흥적으로 퍼포먼스를 했는데, 내가 먹으려고 캐놓은 달래 뿌리로 쪽창에 글씨를 쓰는 거였다. 달래 뿌리가 제법 굵었는데, 그게 붓 대용으로 쓸 만했던 모양이다. 달래 뿌리에 먹을 듬뿍 묻혀 일필휘지로 梅(매), 蘭(난), 菊(국), 竹(죽), 松(송) 그리고 鳳(봉)을 한 칸에 한 자씩 써넣었다. 우리 다섯 자매와 남동생의 이름이 내 쪽창에 예술로 내걸린 것이다! 직각으로 고정되고 약간 요철도 있는 창호지에 글씨를 쓰기가 쉽겠는가? 그런데도 그는 멋들어지게 썼다. 과연 예술가였다. 내 부엌방은 금세 화랑이 되었다.

그런데 세월이 흐르며 벌레의 공격은 피할 수 없었다. 벌레들이 오히려 더 좋아하는 듯했다. 구수한 먹 냄새가 좋았을까? 자꾸만 구멍이 났고, 땜빵한 자리가 점점 많아졌다. 작품이 아까워 다시 바르지도 못하고 있는 터에, 갈수록 쪽창은 누더기처럼 되어갔다. 미루고 미루다가 올 가을엔 어떻게든 해보리라 마음먹고 일부러 땜빵을 안하고 버텼다. 언제까지 땜빵만 할 순 없기 때문이었다.

그러자 보다 못한 친구 치경이 광목을 가지고 왔다. 우리는 일을 어떻게 하면 가장 쉽게 할까를 작당하다가 그냥 글자 쓰인 누더기 쪽창에 광목을 덧바르기로 했다. 그러면 빛에 따라서 글씨가 보일 수도 있고 보온에도 효과가 있으리라는 우리의 꾀였다. 그럴싸했다. 그리고 괜찮은 방법이었다. 글씨는 버리기가 정말 아까웠는데 그대로 살아 있고, 예상대로 빛에 따라 글씨가 광목 안에 숨기도 했다가 비치기도 했다. 오히려 더 멋진 작품이 된 것 같았다. 성공이었다. 볼 때마다 뿌듯했다.

물론 그 전에도 광목으로 문을 발라본 적이 있다. 한지 대신 광목천으로 대체를 해보니 정말 편했다. 왜 진작 그 생각을 못하고 문은 꼭 한지로 발라야만 한다고 생각했는지 딱할 노릇이었다.

광목천으로 문을 바르니 좋은 점이 한두 가지가 아니었다. 일단 바르기가 엄청 수월했다. 그냥 문에 맞게 재단된 광목천을 풀에 넣고 조물조물 주물렀다가 짝 펼쳐서 문에 붙이면 되었다. 종이에 비해 얼마나 수월한가. 게다가 오래 간다. 최소한 오 년은 갈 것 같다. 비바람이나 햇볕에도 강하고, 벌레의 공격이나 사람의 호기심에도 제법 잘 버틸 것이다. 보기에도 거슬리지 않고 깨끗하고 품위까지 있다. 한지와 마찬가지로 누군가 그림을 그리고 싶으면 당장 화폭이 될 수도 있다. 경제적으로나 시간적으로나 많은 도움이 되겠고, 해야 하나 말아야 하나를 고민하지 않아도 되고, 한 번 발라서 몇 년을 지내는 것만으로도 내게는 엄청난 득이다.

종이는 바르는 것이고, 천은 붙이는 것이다. 물론 그 일도 혼자는 어렵기는 하다. 짝 펼칠 때 누군가의 손이 필요하다. 그리고는 햇볕에 말린다.

새 옷을 갈아입은 문은 아주 싱그럽다고 해야 하나? 수줍은 듯도 하고, 기운이 넘치는 듯도 해서 여성성과 남성성을 함께 가지고 있는 느낌이다. 따사로운 햇살의 집중 애무를 받으면 문에 발린 광목천은 팽팽하게 긴장한다.

한지는 더하다. 풀 먹인 한지를 햇볕에 바짝 말린 뒤 손가락으로 퉁기면, 정말 그 무엇도 흉내낼 수 없는 곱고 맑고 짱한 소리가 난다. 나는 그 소리를 더 들을 수 있을까 해서 입 안 가득 물을 머금었다가 푸우 하고 뿌려본다. 옛날에 어머니가 그러셨듯이. 그러면 긴장한 한지는 조금 더 팽팽해지며 아까보다 더 경쾌한 소리를 낸다. 참 듣기 좋은 소리다.

그렇게 문을 바르고 나면 문고리 주변을 장식한다. 장식이라기보다 문고리 주변이 손을 많이 타니까 종이를 한 번 더 덧바르는 것인데, 그냥 종이만 대는 게 아니라 꽃이나 나뭇잎을 넣음으로써 장식의 효과를 내는 것이다. 옛날 식구들이 많을 때는 서로 자기가 좋아하는 것으로 장식하기 위해 다투느라 작은 소동이 일기도 했다. 이제 나는 누구의 제재도 받지 않고 내가 선택한 장식물—단풍잎이든 댓잎이든 국화든 뭐든—로 꾸밀 수 있다. 지금은 추억이 된 지난날, 여러 형제들이 놀이하듯 축제하

듯 했던 그날들을 생각하며 쓸쓸해하기도 한다.

구멍이 숭숭 뚫리고 얼룩지고 낡았던 문이 이제 하얀 새 옷을 갈아입고 내 방을 지킬 것을 생각하면 기분이 저절로 산뜻해진다. 미루고 미뤘던 숙제를 마친 느낌이랄까? 이렇게 문을 바르고 나면 겨울 준비 하나가 또 해결된다.

동지 축원

살아가면서 감사해야 할 대상은 얼마나 많은가? 생각해보면 사방천지가 다 감사를 받아 마땅한 대상들이다.

물론 평소에도 늘 감사함을 표하며 살기는 하지만, 한해가 끝날 때 밤의 길이가 정점을 이루는 동지를 한해의 끝으로 보고 한해를 마무리한다는 한 의미로, 고마웠던 사람이나 알고 지낸 사람, 고마웠던 대상을 한사람씩 한 대상씩 이름을 불러주며 절을 올리고 축원을 한다. 축원의 대상은 꼭 사람만이 아니라 한 해 동안 나에게 품을 내준 산이나 편안하게 살게 해준 집도 포함된다. 나만의 연말 의식이라 하겠다. 그렇게 하면 상대는 알지 못하겠지만 나는 나름의 연말 인사를 한 것으로 되는 셈이다.

한 사람 한 사람씩 이름을 부르며 절을 올리면 정말 내가 이름을 부른 상대가 앞에 있는 것 같고, 나와 맞절을 하는 것 같고, 마음을 나누는 것 같다. 그의 특색이 뚜렷해지기도 한다. 주로 고마웠던 사람, 자주 왕래가 있는 사람부터 시작하지만, 절을 하며 다음 누군가를 생각하다 보면 아주 오랫동안 만나지 못했던 사람도 더러 있다. 나의 무심함으로 인해서 서로 연락이 끊긴 경우도 있다. 그러면 직접은 아니지만 이름을 부르며 절 한 번 올리며 미안함을 대신한다.

세월이 흐르고 나이를 먹으며 사람들을 만나는 범위는 점점 줄어들고 있다는 것도 알게 된다. 생활이 단순해진 것도 한 몫을 하겠다. 당장 생각이 나지 않아서 인사를 못한 경우도 있을 것이다. 그럴 때는 불일암 법당에서 오랫동안 시간을 보내며, 혹시 빼먹은 사람은 없는지 골몰한다. 그러고도 나중에 '아차, 그이를 빼먹었네' 하는 경우가 있다.

보통은 한 사람을 생각한 후 그 사람과 관련된 사람을 줄줄이 사탕처럼 불러내면 쉽다. 그러다 한 그룹을 통째로 빼먹는 경우가 있어서 마음속으로 엄청 미안해하며 다음날 보충하기도 한다.

언제부턴가는 전날 만났거나 고마운 사람들을 다음날 아침 산행 때 이름을 불러 고마움을 전하는 습관이 생겼다. 그럴지라도 동짓날 축원은 나의 의식이라 계속하고 있다. 그렇게 하고 내려오면 한해를 마무리한다는 마음이 되는 것이다. 그래서 고마웠던 사람을 한 번 더 생각하고, 나만의 인사나마 전한 것에 마음이 푸근해지며 기분도 좋다.

참 고마운 사람도 많고, 고마운 대상도 많다. 빚이 태산이다.

웃기는 병실생활

여름 끝자락에 조금 긴 산행을 하다가 한 순간의 실수로 다치고 말았다.

넘어지며 오른쪽 손으로 땅을 짚다가 팔목 뼈가 부서진 거였다. 그런데 미련한 나는, 그리고 무엇보다 병원에 가기 싫어하는 나는, 하룻밤을 그냥 버텨보다가 너무 심하게 아파서 다음날 아침에야 부랴부랴 병원을 찾았다. 그런데 마침 휴일이라 응급실은 거의 아수라장이었다. 아픈 사람을 상관이나 하는 것인지, 하염없이 기다리기를 얼마나 한 것인지.

병원에만 가면 당장 해결될 거라는 나의 순진한 생각은 시간이 지나며 여지없이 깨졌다. 게다가 다친 곳은 손목인데 어쩌자고 온몸이 다 아픈 것인지.

겨우 내 차례가 돌아와 엑스레이를 찍었다. 생각보다 상처가 심한 건지, 엑스레이를 한 번 더 찍고, 당장 입원을 하라는 둥 좀더 기다려보자는 둥 응급의사들끼리 의견 일치가 되지 않은 상황에서, 다음날 담당의가 있을 때 다시 가기로 하고 일단 집으로 돌아왔다.

다음날 그 병원에 갔을 때 정형외과 전문의는 참으로 무성의했다. 많이 다치기는 했지만 죽고 사는 데는 지장이 없으니, 입원해서 수술할지 말지는 본인이 알아서 결정하라는 거였다. 의사가 입원하지 않아도 된다는데 입원할 사람이 누가 있을까. 아마 당시는 내가 의사의 말을 오해했던 것 같다.

의사 말이 틀린 말은 아니다. 팔목 잘못 되었다고 당장 생명에 지장이 가지는 않으니까. 무엇이 불만인지 잔뜩 화가 나 있는 것 같은 의사는 죽지는 않으니 그냥 아픈 상태로 살든가 수술하든가 본인이 결정하라는 것인데, 부상의 심각성을 전혀 알 수 없는 나의 결정은 당연히 수술하지 않는 쪽으로 기울 수밖에 없는 거였다.

사람이 아파서 병원에 갔을 때 믿을 사람이 의사 말고 또 누가 있겠는가. 그때 의사는 하느님이고 부처님인 것이다. 하느님이나 부처님이 절대 그럴 리야 없겠지만, 대수롭지 않게 본인이 알아서 하라고 하니, 병원을 싫어하는 나는 병원에 입원해서 수술하지 않아도 조금 시간이 지나면 뼈가 붙고 낫겠거니 하고 큰 착각을 했던 것이다.

　하느님이나 부처님께서 조금 성가시더라도 죽고 사는 데는 지장이 없으나 평생 장애를 가지고 살 수도 있다고 말해줬으면 참고가 되었을 텐데, 그는 그러지 않았다. 나는 아프지민 수술을 하지 않아도 된다고 안도하며 집으로 돌아왔던 것이다.

　그러고는 며칠을 견디는데, 시간이 갈수록 더 많이 아파졌다. 미련해서 어지간하면 잘 참는 나도 더이상 견딜 수 없어서 하는수없이 다시 그 병원을 찾아갔다. 이러다 죽을 수도 있겠다 싶었다. 팔을 다쳤는데 정말 죽을 수도 있겠다고 할 만큼 아팠다.

　시골은 병원 문제에서는 선택의 여지가 별로 없다. 일주일 만이었다. 예의 그 의사는 여전히 화난 얼굴로 수술을 결정했고, 나는 입원을 했다.

처음 6인실 병실을 배정 받아 들어가니, 병실 사람들의 모든 눈이 일시에 내게로 쏠렸다. 의사의 말마따나 죽고 사는 데는 별 지장이 없는 외과병동이었으니, 무료한 환자들이 새로 들어오는 환자에게 관심이 쏠리는 건 당연한 일일 것이다.

병실 사람들은 나의 모든 것을 알아내고야 말겠다는 듯이 이것저것 두서없는 질문들을 마구 던졌다. 나의 생김새부터 수상했으니, 그 사람들의 궁금증은 더 많았을 터다. 나는 입원을 결정하면서 삭발을 했던 것이다. 병원에서 가능하면 덜 번거롭기 위한 행동이었다.

나야 수시로 삭발을 하곤 하지만 보통 사람들은 특별한 경우가 아니면 잘 안하니까, 뭇 사람들이 호기심을 가지는 건 어쩌면 당연하다. 하지만 내가 그들의 호기심을 해결해줄 기분이 아니라 별 대답이 없자, 병실 사람들은 내 친구들을 공략했다. 어디 사느냐, 뭐 하는 사람이냐, 스님이냐, 스님이 아니라면 가족은 어찌 되냐, 왜 다쳤냐……

나는 딱 한마디 했다.

"나한테서 신경을 꺼주세요!"

내가 표정이 너무 험악했나? 아니면 무슨 조폭 같았을까? 순간 모든 사람이 입을 닫았다. 일순 정적이었다. 내게로 향했던 눈길도 모두 거둬졌다. 그 이후 누구도 내가 병실에 있을 때 나에 대해 말을 하지 않았다. 내가 없을 때는 내 얘기를 했는지도 모른다. 하지만 내가 없는 동안에야 무슨 말을 한들 무슨 상관인가?

그날부터 나의 감방생활, 아니 병실생활이 시작되었다. 수순대로 수술 날짜 잡히고, 수술 하고 하며 병원생활을 해야 했다.

정신이 조금 차려지며 함께 방을 쓰는 사람들의 면면이 보이기 시작했다. 그리고 그들이 살아가는 방식도 터득이 되었다. 내가 감방에는 가보지 않았지만 들어서 알고 있는 상식이, 이곳에서도 고스란히 아니면 비슷하게 적용되는 것 같았다.

누구도 그렇게 부르지는 않지만 소위 방장이 있었다. 그는 교통사고 환자로서, 입원한 지 오래된 듯했고, 나름 카리스마도 갖춘 50대 중후반 정도 되는 아줌마였다. 그녀의 가장 큰 권력이 TV 리모컨 관리인지, 그녀가 수시로—그리고 마음대로—TV 화면을 이리저리 돌려도 아무도 이의를 제기하는 사람이 없었다.

물론 그녀의 침상은 병실에서 가장 좋아 보이는 곳, 즉 창가 자리였다. 다른 침상보다 조금 더 넓게 사용할 수 있고, 최소한 한쪽에는 사람이 없으니 그만큼 좋아 보이는 자리였다. TV는 바로 머리 위라 잘 보이지 않을 수도 있었다.

그녀는 리모컨을 이리저리 돌리다가 가끔 선심 쓰듯 옆 침상 사람—TV를 엄청 사랑하는 듯 보이는—에게 그것을 줄 때도 있었다. 그럴 때 그녀의 표정은 베푼 자의 뿌듯함 같은 게 배어 있었다.

그리고 그녀는 우리 방은 물론 이웃 방에 새로 들어오는 환자의 신상을 파악해서 알려주는 것을 자기 사명으로 알고 있는 듯했다. 그만큼 열심히 소식을 퍼날랐다. 가끔 헬기가 긴급 환자를 이송해 와서 5층 운동장에 내려놓고는 했는데, 그러면 그녀는 5층까지 득달같이 내려가서 입수할 수 있는 모든 정보를 수집, 신속하게 우리에게 알려주었다. 어딘지 훌륭한 방장이라 할 만했다.

그러고는 간호사를 불러 진통제를 맞는다. 밤이고 낮이고 자주 진통제 놔달라고 하는데, 그러면 간호사들은 두말없이 그것을 주사해주는 것이다.

그녀는 방장으로서 가끔 매점에서 빵이나 과자 등을 사서 모두에게 나눠주기를 곧잘 했고, 본인이 당뇨가 있어 수시로 뭔가를 먹어야 한다는데, 그럴 때면 이웃 침상에 있는 당뇨환자까지 항상 챙기고는 했다.

내가 입원하고 4일인가 5일 후, 그녀는 아쉽게도 퇴원을 한다고 해서 모두를 서운케 했다. 퇴원을 하며 그녀는 병상마다 빵과 간식을 돌리며 헤어짐을 아쉬워했다. 그리고는 그동안 자신이 사용했던 침상을 빼고는 내가 누워 있는 침상을 자기 자리에 끌어다주며 주변을 쭉 일별했다.

내가 몹시 당황해서 "어어, 왜 이러세요?" 어쩌고 하는 동안 내 침대는 이미 방장의 자리에 들어와 있었다.

당황한 건 나만이 아닌 듯, 병실의 모든 사람들이 갑자기 벌어진 상황을 당장 인지하지 못해서 어리둥절해했고, 나는 졸지에 '방장'이 되었다. TV 리모컨도 내 손에 얌전히 들려 있었다. 그리고는 그녀는 어디 여행이라도 가는 듯 손을 흔들며 떠나갔다.

병실에 나이가 많은 분도 있고 나보다 일찍 입원한 사람이 대부분이지만, 그들은 아무런 이의도 제기하지 않았다.

처음 며칠은 수술 바로 직후여서 그런지 움직이면 팔이 흔들려서 운동을 못했다. 나는 병실에만 있기 답답하고 해서 여기저기 답사를 하다가 병원 제일 윗층이 암병동이라는 사실을 알게 되었다. 그곳은 다른 곳에 비해 아주 조용했다.

나는 아침 회진이 끝나기가 무섭게 책을 들고 암병동의 구석진 의자에 자리 잡고 앉아서 점심시간이 될 때까지 책을 보다가 내려갔다. 나는 정말 아무 말도 하지 않았는데, 내가 들어가면 병실 사람들이 TV를 껐다. 나는 아는 체를 할 수 없는 것이, 나 때문인지 아닌지도 모르는데 괜히 참견하기는 뭐했기 때문이다.

시간이 지나며 팔의 흔들림이 차차 줄어들어서, 5층 운동장으로 내려가 트랙을 돌았다. 환자로 있는 동안 나의 탄탄한 근육들이 빠져나갈 거라는 생각에 불안하기도 했고, 답답한 병실보다는 산이라도 보이는 바깥에서 숨 쉬고 싶었기 때문이다. 방장(?)이 없는 동안 병실 사람들이 TV라도 맘껏 보라는 배려 아닌 배려도 있었지 싶다.

하루에 약 다섯 시간 정도 초록색 트랙을 돌았다. 그곳에서 내가 할 수 있는 건 책 읽기와 트랙 돌기 외에는 아무것도 없었다.

우리 병실 사람들은 비교적 조용한 편이었고, 저녁 아홉시만 되면 TV를 끄곤 했다. 하루는 앞 병실의 어떤 분이 그 집은 왜 TV를 안 보느냐고 물었다. 그러자 우리 방 사람들은 일제히 나를 한번 쳐다보고는 아무렇지도 않게 우리는 TV를 싫어한다고 대답했다. 나는 모른다. 정말 나처럼 TV가 싫은 건지, 아니면 나를 의식해서 그렇게 말한 건지.

하루는 아침 회진을 온 담당의가—그날은 최기 풀렸는지 아주 궁금해 하는 표정으로 썩 정중하게 내게 물었다.

"머리는 왜 그렇게 했습니까?"

그동안 궁금해서 어떻게 살았나 싶을 정도로 그는 진지했다. 나의 삭발 원인이 궁금했었던 모양이다(참고로 이 병원은 가톨릭 계통 병원이었다).

내가 미처 대답하기 전에 옆에 서 있던 젊은 의사가 먼저 대답했다.

"종교 문제 때문이랍니다."

병원 생활을 간편히 하고 싶어서 그랬다고 말하려던 나는 입을 닫았고, 그는 이해가 되었다는 표정으로 전과 다름없이 바람을 일으키며 쌩하니 내 앞에서 사라졌다.

그동안 나는 나도 모르게 스님으로 알려진 것이었다.

재미난 사실은 모든 환자들이 멀쩡하게 잘 지내다가, 멀쩡히 수다 떨고 웃고 하다가, 누군가가 병문안을 오거나 전화가 오면 어김없이 아픈 목소리 모드로 돌아간다는 사실이었다.

아닌 게 아니라 나도 좀 그랬다. 상대에게 나는 아프다, 많이 아프다라는 것을 인식시키려는 본능에서일까. 나 좀 봐줘, 나 아픈 사람이야, 라고 알리고 싶은 그 마음.

이런 저런 일들을 보면서 병원생활이 재미있기까지 했다. 이거 완전 소설 감인데. 소설가도 아닌 내가 소설을 다 쓰고 싶었다. 단편소설 한편이 내 머리에 맴돌았다.

감방생활과 아주 비슷한 병실생활, 다인실에서 벌어지는 별별 일들, 사람은 누구나 다르지만 또한 누구나 비슷한, 어딘가가 아픈, 약자에게 군림하고 강자에게 굽실하는 인간 군상—.

나는 절대 병원 생활을 못 할 줄 알았는데 비교적 잘 적응하고 있는 나를 보며, 역시 사람은 어디에 살든지 자기 할 나름이라는 결론을 얻기도 했다. 규칙적인 생활과 운동, 음식 조절, 그리고 긍정적 생각 등 그곳에서 할 수 있는 최대한의 관리로 내 몸은 나빠지지 않고 오히려 좋아지는 느낌도 없지 않았다.

의사는 너무 심하게 뼈가 조각나는 바람에 수술이 쉽지 않았고, 회복 또한 느릴 것이며, 어쩌면 평생 통증이 있을 거라고 했다. 그런데 회복이 생각보다 빠른지 의사의 고개가 가끔 갸우뚱하고는 했다.

짧다면 짧은, 하지만 내게는 엄청 길었던 날들인 2주일의 시간을 그곳에서 보내고 드디어 퇴원이 결정되었다. 영광스러운 방장 자리도 내놓아야 하는 날이 된 것이다.

병실 사람들이 축하 인사를 건네는 표정에서 뭔가 다른 기운이 느껴졌다. 순전히 나의 느낌일지는 모르겠으나 시원함이랄까? 약간 설레 보이기까지 했다면 과한가?

짐을 챙겨들고 이 사람 저 사람 덕담 한 마디씩 하는데, 그 중 한 분이 애절한 목소리로 묻는다.

"스님, 스님 가시기 전에 뭐 한 가지 물어볼 게 있는데요⋯⋯"

이게 무슨 말인가? 내가 미처 깨닫기도 전에 옆사람이 한마디 한다.

"사람 참. 이 스님은 그런 거 보는 스님이 아니라니까 그러네."

아이고야, 어쩌면 좋아. 나는 거의 줄행랑을 치듯이 병실을 나와야 했다. 더 있다가는 또 무슨 말이 나올지 몰랐으니.

그렇게 나는 새롭고도 특별난 경험을 하나 더 보태서 집으로 돌아왔고, 의사의 걱정과는 달리 현재 별 불편 없이 잘 지내고 있다. 재미있는 세상 공부, 잘 했다.

내가 병원에 입원하고 퇴원하는 동안 주변의 친구인 꽃나와 지우가 번갈아가며 구완해주었다. 처음 며칠은 병원에서 자며 나를 돌봤는데, 각자 나름의 자기 방식으로 병구완을 했다. 꽃나는 밤 늦도록 내 아픈 손을 자근자근 주물러주곤 했다. 너무나 시원한 나머지 나는 이제 됐다고 그만 하라고 해야 하는데 그 말이 입에서 나오지 않았다.

지우는 지우대로 자기방식을 고수했다. 책을 차분하게 읽어

주고 불편한 것이 없는지 수시로 체크했다. 그뿐 아니다. 수시로 목욕 시켜주고, 손톱 깎아주고, 먹을 것 해다주고, 책 빌려다주었다. 온갖 수발을 무주상 보시로 하는데, 어쩌자고 나는 아프다는 핑계로 짜증을 부렸던 것인지, 아주 가관도 아니었다.

온갖 짜증을 다 부려도 인상 한번 찌푸리지 않았던 그 두 벗에게, 지나고 보니 미안한 점이 한두 가지가 아니다. 모자라는 중생 하나 옆에 둔 죄로 고생 많았다. 그리고 고맙다.

습관

나는 평소에도 자세를 반듯하게 하며 살고 있다고 자신했다. 특히 등산복을 입고 등산화를 신으면 나의 자세는 스스로 당당해지고 반듯해짐을 알고 있다. 그러다 우연히 산을 오르며 내 발걸음을 관찰할 기회가 생겼는데, 비교적 양쪽 발에 균형을 맞춰서 반듯하게 잘 걷는다고 생각이 들다가 뭔가 좀 이상한 것을 느꼈다.

그냥 평이한 오르막이나 내리막길에서는 별로 모르겠는데, 약간의 난이도가 있는 길이나 발을 보통의 보폭보다 더 높이 놀려야 할 때는 항상 한 쪽 발이 먼저 나가는 것을 알게 되었다.

그것은 오른쪽 발이었다.

그럼 내려갈 때는 그 반대쪽 발을 쓰지 않을까?

그런데 내려올 때도 역시 오른쪽 발이 먼저 내딛고는 했다.

그럼 조금 힘이 들어가는 모든 길에서 오른발이 먼저 나간다는 것인데, 그동안 그것도 모르고 살았구나 싶었다. 그동안 살아오면서 알아차리지도 못하고 그냥 습관대로만 지내온 것이 어디 걸음뿐이랴만, 나처럼 많이 걷는 사람은 한 걸음이 두 걸음 되고 그 걸음들이 쌓이고 쌓이면 수를 헤아릴 수가 없겠는데, 그러는 동안 몸은 어떨까? 몸의 균형은?

나는 원래 왼손잡이로 태어났다고 한다.

어렴풋한 기억도 한 조각 남아 있다. 식구들이 모두 모여 밥 먹을 때 나는 어른들의 지청구를 들었고, 그래서 울었던 아련한 기억이 있다. 뭐 그렇다고 밥을 못 먹지는 않았겠으나, 편한 왼손을 두고 불편하기만 한 오른손을 써야 하는 게 억울했을 것이다. 기억은 거기까지다. 언제부터인지 모르지만 나는 오른손잡이가 되었고, 이제는 왼손이 불편한 경우가 더 많다.

그럴지라도 아직도 왼손이 더 쉬운 것 몇 가지는 있다.

은밀한 것, 은밀하다는 말을 이렇게 써서 미안하지만, 가령 연필을 칼로 깎는달지, 바늘귀에 실을 꿸 때랄지, 설거지나 걸레질 등은 아직도 왼손으로 한다. 가만 보면, 주로 누구의 눈에 띄지 않고 할 수 있는 일들이다. 왼손을 써도 잔소리를 듣지 않는 일들 말이다. 이만하면 은밀하지 않은가?

그러고 보니 조금 슬프다.

나 어릴 적, 적어도 우리집에서는 왼손잡이를 '상놈' 취급했다.

그렇게 나는 후천적 오른손잡이가 된 셈인데 왜? 어쩌자고 누구의 간섭도 없는 걸음걸이가 오른쪽 우선이 되었을까? 혹시 그럴 수도 있을까? 손은 왼쪽, 발은 오른쪽? 모르겠다.

어찌되었든지 발걸음을 확인하고부터 나의 몸 습관에 관심을 갖게 되었다. 주로 산에서의 습관을 보니 배낭을 멜 때 항상 오른쪽 어깨에 먼저 올리고 나서 왼쪽 어깨로 중심을 잡았다. 배낭이 무거울 때는 오른쪽 다리에 배낭을 일단 올렸다가 오른쪽 어깨에 메고는 했다. 내가 산을 다닌 이후 줄곧 그렇게 했을 것이다.

옷을 입을 때도 항상 오른쪽 팔이나 다리가 먼저 옷에 들어 갔다. 옷에 왼쪽 팔이나 다리가 먼저 들어가면 영 어색한 것이 서툴기 이를 데 없었다. 모든 것이 한쪽으로만 쏠려 있다는 것을 알지도 못한 채 지금까지 습관에 의해서 살아왔던 것이다. 그러니 60년 이상 살아온 내 몸은 어찌 되었겠는가? 한쪽으로 엄청 기울지 않았겠는가?

그래서 알아차릴 때만이라도 균형을 맞춰보기로 했다. 우선 산에 오르내릴 때 왼발부터 내딛기. 수시로 잊어먹지만 알아차 릴 때만이라도 그렇게 하려고 노력한다.

혼자 다닐 때는 비교적 잘 하는데, 누구와 함께 산행을 할 때 는 자주 놓치는 경우가 많고 특히 힘든 산행을 할 때는 알아차 려도 그냥 무시하고 습관대로 하는 나를 볼 수가 있다. 몸이 힘 들 때는 정신이나 다른 것에는 소모를 하지 않는 것이 본능인지 도 모르겠다.

오랜 습관이라는 것이 참 무섭다. 알아차렸다가도 한 순간 그 습관으로 돌아가 있는 나의 행동을 보며 드는 생각이다.

이제야 알게 된 옷 입는 습관을 고쳐보겠다고 왼발 먼저 왼

손 먼저 하며 처음 옷을 입기 시작한 아기처럼 서툴게 옷을 입는, 때로는 넘어지기도 하는 불균형한 60대를 산다. 그래도 지금이라도 알아차린 것이 다행이라고, 지금부터라도 균형을 맞춰 살자고 나를 위로한다.

나의 우렁각시들

내 집은 시골에 있고, 옛 농가를 거의 손보지 않고 사는 관계로 친자연적이라 할 만하다. 지붕을 뺀 모든 건축 재료는 나무와 흙으로만 지어진 집이다. 언젠가 내가 죽고 집이 무너지면 그냥 자연으로 돌아갈 집이라 생각된다.

난방도 구들이다. 아궁이에 불을 때야만 방이 따뜻해지는 옛날 방식이다. 날씨가 몹시 춥거나 밖에 나갔다 늦게 들어오는 날은 좀 불편하다. 게다가 금세 따뜻해지는 게 아니라 불을 때고 한참이 지나야 온기를 느낄 수 있어서 기다리는 수고도 해야 한다. 그러나 시골살이의 맛을 느끼려면 그만한 불편은 감수해야 하는 법이다.

며칠씩 집을 비운 뒤라면 불을 땐 후 무려 다섯 시간 정도는 지나야 따뜻함이 느껴진다. 바쁘게 사는 현대인들에게는 견디기 어려운 느림이라 할 만하다.

가끔 손님이 와서 묵을 경우 불은 자기가 때겠노라 할 때가 있다. 그 모습을 보면, 아궁이에 불을 넣어두고는 금방 방바닥을 짚어보고 따뜻하지 않으니까 또 가서 장작 몇 개 더 넣고 그러기를 수도 없이 한다. 고집 있는 손님은 아무리 그만 하라고 해도 말을 듣지 않는다. 그러면 그날 그 방에서는 잘 수가 없다. 너무 뜨거운 것이다. 잠을 못 자는 건 고사하고 이불을 태우는 경우까지 있다. 도시의 보일러와 달리 시골에서는 기다려야 한다는 사실을 모른다. 아니, 모른다기보다 기다려야 하는 상황 자체를 견디지 못한다는 말이 맞을 것이다.

다른 경우도 있는데, 뜨거운 구들방에서 원없이 몸을 지지고 싶은 생각에, 내가 이미 불을 댄 아궁이에 나 몰래 나무를 더 넣고는 한다. 그런 날도 역시 잠자기는 글렀다. 한번은 너무 뜨거워서 방바닥에 계란 프라이를 시도해본 적도 있다.

나 몰래 불을 더 때는 간 큰 사람은 유일하다. 나의 언니 남매희. 방이 너무 뜨거워서, 잠자기는 고사하고 몸부림을 치며 원망을 하면, 언니는 땀을 뻘뻘 흘리면서도 죄인처럼 아무 말도 못하고 가만히 있는다.

보통 늦봄과 초가을에는 며칠에 한 번씩 불을 땐다. 봄이나 가을에는 하루 건너 한 번씩 불을 넣고, 겨울에는 매일 피워야 한다. 나 혼자 있어도 기본적으로 내가 잠자는 방은 아궁이로 군불을 때야 하고, 주방 겸 거실인 부엌방의 나무 난로에 불을 넣어야 한다. 그러자면 당연하게도 땔나무가 필요하다. 그래서 날씨가 쌀쌀해지면 나무 걱정이 생기기 시작한다.

가을을 지나며 집에 나무가 많이 쌓여 있으면 부자가 된 것처럼 흐뭇하다. 다른 것보다 내게는 나무가 떨어지지 않고 있는 것이 가장 뿌듯하다.

그동안 살면서 나무를 직접 해오기도 했지만 그것은 누군가가 벌목을 했으니 나무를 가져가라고 연락이 왔을 경우이고, 대부분은 주변 사람들의 도움으로 나무를 조달 받았다. 한동안은 먼 친구의 남편이 한 해에 두어 번씩 나무를 트럭에 싣고 와서 부려주고는, 밥도 한 끼 먹는 법 없이 바쁘다며 돌아가고는 했다. 정말 고마웠지만 제대로 인사할 틈도 없이 가버리고는 했다. 그렇게 한 해를 보내고 다시 나무가 필요한 계절이 오면 아무 소식도 없이 또 나무를 싣고 와서 부리나케 가버렸다. 덕분에 몇 해 동안은 나무 걱정 없이 부자처럼 살았다.

평소에 서로 연락을 하지 않으니까 어디서 어찌 사는지 몰랐다. 지나고 보니 내가 많이 무심했다. 그냥 받기만 한 무례한 행동을 아무렇지도 않게 하며 살았다. 언제부터인지는 모르겠다. 나무 지원이 끊어졌다는 걸 뒤늦게 깨달았다.

무슨 일이 있었나? 이사를 갔나? 궁금했다. 서운한 건 아니었다. 무슨 사정이 생겨서 내게까지 여력이 미치지 못하는 일이 있을 것이다. 그동안의 베풂만으로도 충분히 고마울 뿐이다.

어느 해 가을에는 나무를 산 적도 있다. 18년 살면서 딱 두 번 나무를 샀다. 복도 많다.

어느 날 내가 일지 못하는 어떤 사람이 땔감을 한 차 가득 싣고 집으로 찾아왔다. 윗동네에 몇 년 전 귀농 왔다며, 자기네가 쓸 나무를 하다가 조금 더 해서 내게 주려고 가져왔다고 했다. 그러면서 자신의 집을 본인 손으로 직접 지어봤기 때문에 웬만한 시골 일은 다 할 수 있으니 집을 손볼 일 있으면 연락하라는 말까지 하는 것이었다. 그리고는 집 주변을 슥 둘러보고는 당장 손볼 곳이 없는지 살폈다. 미처 이름도 모르고 헤어졌다.

며칠 후 평상을 고쳐야 한다며 전화를 해왔다. 엊그제 집을 살필 때 마당의 평상이 망가져가고 있는 게 그의 눈에 띈 모양이었다. 나는 그날 어길 수 없는 약속이 있으니 나가야 한다고, 다음에 하자고 하니, 그냥 내가 없어도 되니 걱정 말고 다녀오라고 했다. 부담이 되기는 했지만 좋게 도움을 주겠다는 뜻을 거절하기도 어려웠다.

귤 몇 개를 바구니에 담아 마루에 두고 따뜻한 차가 난로 위에 있다는 쪽지를 남기고 나는 볼일 보러 나갔다. 다녀와보니 정말이지 평상이 말끔하게 새 단장을 하고 있었다. 마치 천사나 우렁각시가 다녀간 기분이었다. 고맙고 미안했다.

그 후로도 수시로 나무를 실어다 부려주고는 바람같이 돌아가기를 몇 번 했다. 역시 밥 한 끼 대접하지 못했다. 무주상 보시인 것이다.

이 무주상 보시의 주인공은 윗동네 사는 김승기 선생이다. 그

293

는 시골에 들어와 시골 일을 찾아 배우고 익히면서 남에게 베풀며 살고 있다고 한다. 얼마 전에도 김 선생 부부가 다녀갔다. 지난 태풍에 담장이 조금 무너졌는데 이제 겨울이 오고 추워지면 얼었다 녹았다를 반복할 것이니, 그러면 더 많이 무너질 것 같아 도움을 청했다. 그랬더니 득달같이 달려와서 담장 상황을 보고 돌아갔다가 다음날 아침 내가 산에 다녀오는 사이에 벌써 나무 한 차를 싣고 와서는 본인은 담장을 보수하고 있고 부인은 나무를 내리고 있었다. 이런 감동이 어디 또 있겠는가.

이 세상에는 참 좋은 사람들이 많다. 아무리 세상이 각박해졌다고 해도 여전히 좋은 사람들은 있는 것이다. 내가 누군가에게 무언가를 받아서가 아니라, 그냥 아무 대가 없이 베풀 수 있는 사람이 살고 있다는 것, 그런 마음이 생긴다는 것이 참 기분 좋게 한다.

그나저나 나는 이렇게 대책 없이 받기만 해도 되나. 나는 과연 무주상 보시를 얼마나 하고 사는가. 과연 하기나 하는가. 이 많은 빚을 언제 다 갚을지 까마득하다.

또 나무가 필요한 계절이 돌아왔다. 서서히 나무 걱정이 들 때, 나무가 한차 부려졌으니 당분간은 따뜻함만 누리면 된다. 산행을 하다보면 산에 나무들이 무수히 쓰러져 있어서 무척 아까워하며 지나간다. 저 정도 나무면 며칠은 땔 텐데, 하면서 아쉬워하는 것이다.

뭐 꼭 필요하면 사면 된다. 당연하다. 그동안 잘 알지도 못하는 천사들의 도움으로 따뜻한 겨울을 보냈다. 그들로 인해 몸뿐만 아니라 마음까지도 따뜻함을 입었다.

어떤 자비

새 호스가 물을 콸콸 뿜어내고 있었다.

가뭄이 심해서 계곡에 물이 거의 없었고, 불일폭포에서 평전으로 끌어온 물도 당연히 말라버린 지 제법 된 어느 날이었다. 폭포의 물줄기도 아기 오줌줄기처럼 가늘어져 있었으니, 거기서 끌어올 물이 없었던 거였다.

그런데 갑자기 어디서 이렇게 물이 콸콸 흘러온단 말인가.

나는 오랜만에 보는 반가운 물이라 두 손으로 물을 받아 한 모금 달게 마셨다. 그리고 호스 옆의 연못을 보니, 헉! 이게 어찌된 일인가? 연못에 물은 그득한데, 그 물 위로 올챙이 사체가 수도 없이 둥둥 떠 있는 거였다!

한반도 지도 모양 연못에 온통 죽은 올챙이들이라니, 이게 뭐지? 물에 독성이 있다는 말인데, 누가 연못에 독을 풀었나? 아니면 새 호스에 독성이 묻어 있었나? 그럼 내가 독물을 마셨다는 얘긴데, 이거 어쩌지?

갑자기 메스꺼워지며 마신 물을 토해내야 될 것 같은데, 이미 들어간 물은 다시 나오진 않고 속만 울렁거렸다. 아무도 없는 이른 시간이라 나 외에 사람이 있을 리는 없고, 참 난감한 상황이었다. 어쩔 도리가 없이 그냥 내려오는 수밖에 없었다.

찝찝한 기분과 울렁거리는 속을 달래며 내려오다가 국립공원 직원을 만났다. 그에게 자초지종을 이야기했지만 영문을 모르기는 마찬가지였다. 나는 원인을 알아보라고 당부하고 내려올 수밖에 없었다.

그날 나는 하루 종일 좀 가라앉은 기분이었지만, 별일이 있는 것도 아니었다.

다음날 다시 올라가며 보았다. 그랬더니 연못의 올챙이 사체는 깨끗이 치워져 있었고 호스의 물은 여전히 잘 뿜어져 나오고 있었다. 그럴지라도 의심은 풀리지 않았는데(물은 당연히 마시지 않왔다), 내려오며 다시 국립공원 직원을 만나서 얘기를 들으니 의문이 가셨다.

사정은 이랬다.

가뭄이 계속되자 연못물은 말라버렸고, 초봄에 알을 까서 부화된 올챙이들은 물이 없으니 당연히 목숨을 부지하기 어려웠다. 보다 못한 불일암 일용스님이 그 중생들을 살려내고자 팔을 걷어붙였다. 불일암 위의 물길에 호스를 연결해서 평전까지 끌어온 거였다.

그러고 보니 며칠 전 불일암 마당에 검고 두꺼운 호스가 한 뭉치 있었던 게 기억났다. 나는 그때 생각하기를, 호스가 많이 무거워 보이는데 여기까지 올려오시느라 스님 고생 좀 하셨겠구나, 했다. 산속 작은 암자이다 보니 필요한 모든 자재를 오로지 등짐으로 날라야 하기 때문이다. 그런 수고를 마다 않고 스님은 올챙이들을 구하고자 일반 중생은 감히 생각지도 못할 일을 혼자서 하셨던 거였다.

차도 없는데 장에 가서 호스를 사야 하고, 지게에 그 무거운 걸 지고 올라와야 하고, 그걸 암자 위 물길에 연결해야 했다. 물

길에서 평전까지 500미터는 족히 되는데, 혼자서는 엄두도 못
낼 일을, 스님도 참.

스님이 언제 그런 일을 해보았겠는가. 손에 익은 일이 아니라
힘겨웠음을 보여주는 흔적이 몇 군데 보이기는 했다. 군데군데
호스 연결이 잘 안 된 탓에 물이 새는 곳이 있었던 것이다. 나
중에 다 고쳐지기는 했지만.

이왕에 물이 없어 죽어버린 생명은 어쩔 수 없다 치고, 앞으
로 살아야 할 더 많은 생명들은 이제 살길이 열린 거였다. 이제
맑은 물이 그득한 연못은 생기 넘치는 생명들로 다시 가득했다.

며칠 전에는 길에서 스님과 마주쳤다. 나는 올라가고 스님은
저만치서 내려오는 길이었다. 그런데 스님 손에 뭔가가 들려 있
었다. 가까이서 보니 쥐덫이었다. 덫 안에는 쥐 한 마리가 들어
있었다.

"쥐군요."

내가 말했다.

"네. 글쎄, 얘가 하산을 하고 싶다네요. 하하."

쥐덫에 걸린 쥐를 차마 죽일 수는 없고, 그렇다고 풀어놓을

수도 없고 해서, 그 녀석을 들고 밑으로 내려가는 중이었다.

"이 녀석은 복도 많아서 매일 예불을 들으며 살았을 것인데, 이제 한 도(道) 하셨나 봅니다."

농담을 진담처럼 하시며 한바탕 웃고는 스님은 세속으로 내려갔다. 나는 스님이 부디 세속에서 저 중생을 잘 제도하기를 잠시 바랐다.

자비인 것이다. 역시 스님이시다. 역시 수행자는 다르다.

보통 사람들은—특히 나는—덫에 갇힌 짐승을 보면 안타깝다거나 불쌍하다거나 또는 악심(惡心)을 품곤 하는데, 스님은 몸에 베인 자비심을 행동으로 실천했다.

그 자리에서 나는 '스님!!' 하고 합장을 했다. 그후 나는 그 일을 내가 하기라도 한 듯 남들에게 자랑을 하고 다녔다.

그 뒤로 나는 스님이 눈에 보이든 안 보이든 부처님께 합장하듯 산문 밖에서 합장 일배를 하고 있다. 도를 깨우친다는 게 뭔지는 몰라도 이렇게 뭇 중생에게 측은지심을 내고 자비를 행하는 것이 수행자다운 행동이 아닐까 짐작해본다.

이건 다른 얘기인데, 나는 산행 중에 스님들을 만나는 게 불편하다.

　나의 체취에 신경이 쓰이는 것이다. 산속에서 맑은 음식만 들며 수행을 했을 그들의 후각은 엄청 예민해져 있을 것이다. 그걸 나는 경험으로 알고 있다. 오래 전에 절에서 한동안 생활을 한 적이 있다. 그때 절 밖의 사람들의 냄새를 알게 되었는데, 좀 지독했다. 저 멀리 사람이 아직 보이지 않아도 냄새가 먼저 올라온다. 물론 사람마다 다 그런 건 아니지만 심한 사람은 몹시 역겨웠다. 세상 살면서 온갖 잡식에 과식에 과음을 했을 것이니, 자신은 못 느낄지라도 냄새가 말해주는 것이다.

　그 냄새를 알고 있는 나는 스님과 마주치면 괜히 미안하다. 온갖 잡식을 먹고 과식을 한 내게서 얼마나 지독한 냄새가 날 것인가.

　그래서 숨을 멈추고 스님이 얼른 지나가기를 바라지만, 숨을 안 쉰다고 냄새가 안 나겠는가. 이미 몸 전체에 배어 있을 세속의 냄새가 부끄러운 것이다.

당신도 걸으면 좋겠습니다

지은이 | 남난희

펴낸곳 | 마인드큐브
펴낸이 | 이상용
편집부 | 김인수, 현윤식
디자인 | 권예진

출판등록 | 제2018-000063호
이메일 | mind@mindcube.kr
전화 | 편집 070-4086-2665
　　　마케팅 031-945-8046(팩스 031-945-8047)

초판 1쇄 발행 | 2020년 5월 20일
ISBN | 979-11-88434-28-2(03810)